哈佛经典
名家（前言）序言

Harvard Classics

经典中的经典

【美】查尔斯·艾略特（Charles W.Eliot）/ 主编

宿哲骞 / 译

中华工商联合出版社

图书在版编目（CIP）数据

经典中的经典/（美）查尔斯·艾略特主编；宿哲骞译. --北京：中华工商联合出版社，2018.1

ISBN 978-7-5158-2160-3

Ⅰ. ①经… Ⅱ. ①查… ②宿… Ⅲ. ①名著－介绍－世界 Ⅳ. ①Z835

中国版本图书馆 CIP 数据核字（2017）第 314273 号

经典中的经典

主　　编：（美）查尔斯·艾略特（Charles W. Eliot）

译　　者：宿哲骞

出 品 人：徐　潜

策划编辑：魏鸿鸣

责任编辑：魏鸿鸣　李　瑛

封面设计：周　源

责任审读：魏鸿鸣

责任印制：迈致红

出版发行：中华工商联合出版社有限责任公司

印　　刷：天津旭丰源印刷有限公司

版　　次：2018 年 1 月第 1 版

印　　次：2023 年 4 月第 4 次印刷

开　　本：710mm×1020mm　1/16

字　　数：99 千字

印　　张：9.5

书　　号：ISBN 978-7-5158-2160-3

定　　价：39.80元

服务热线：010－58301130

销售热线：010－58302813

地址邮编：北京市西城区西环广场 A 座
　　　　　19－20 层，100044

http：//www. chgslcbs. cn

E-mail：cicap1202@sina. com（营销中心）

E-mail：gslzbs@sina. com（总编室）

向经典致敬

《哈佛经典》代前言

　　这里向各位书友推介的是被中国现代新文化运动先驱者的胡适先生称为"奇书"的《哈佛经典》。这是一套集文史哲和宗教、文化于一体的大型丛书，共 50 册。这次出版，我们选择了其中的《名家（前言）序言》《名家讲座》《英美名家随笔》《文学与哲学名家随笔》《美国历史文献》，这些经典散文堪称是经人类历史大浪淘沙而留存下来的文化真金，每一篇都闪烁着人类理性和智慧的光辉。有人说，先有哈佛后有美国。因为在建校 370 多年的历史中，哈佛培养出 7 位美国总统，40 多位诺贝尔奖得主，政界、商界、科技、文艺领域的精英不计其数。但有一点，他们都是铭记着"与柏拉图为友、与亚里士多德为友、更与真理为友"的校训成长、成功的。正像《哈佛经典》的主编，该校第二任校长查尔斯·艾略特所言："我选编《哈佛经典》，旨在为认真、执着的读者提供文学养分，他们将可以从中大致了解从古代直至十九世纪以来观察、记录、发明以及想象的进程，作为一个二十世纪的文化人，他不仅理所当然地要有开明的理念或思维方法，而且还必须拥有一座人类从荒蛮发展为文明进程中所积累起来的、有文字记载的关于发现、经历，以及思索的宝藏。"这些文字是真正的人类思想的富矿，是取之不尽用之不竭的智慧宝藏，具有永恒的文化魅力。

从文献价值上看，它从最古老的宗教典籍到西方和东方历史文献都有着独到的选择，既关注到不同文明的起源，又绵延达三个世纪之久，尤其是对美国现代文明的展示，有着深刻的寓意。

从思想传播上看，《哈佛经典》所关注到的，其地域的广度、历史的纵深、文化的代表性都体现了人类在当时特定历史条件下所能达到的思想巅峰，并用那些伟大的作品揭示出当时人类进步和文明的实际高度。

从艺术修养的价值来看，《哈佛经典》涵盖了历史、哲学、宗教论著和诗歌、传记、戏剧散文等文学样式，甚至随笔和讲演录也是超一流的，它们都是那个时代精品中的精品。

《哈佛经典》第19卷《浮士德》中有这样一句名言，"理论是苍白的，只有生命之树常青"。让我们摒弃说教，快一点地走进《哈佛经典》，尽情地享受大师给我们带来的智慧的快乐，真理的快乐。

目 录

威廉·卡克斯顿〔英〕[①]

《特洛伊史回顾》序言及后记

扉文及卷首序

此书得名于《特洛伊回顾史》，实为尊贵可敬的拉乌尔弗尔神甫于 1464 年以法语编著而成，他参考的文本以多部不同版本的拉丁语史籍为主。借此书，献给正直高贵、地位显赫的菲利普王子（布拉班特勃艮第公爵）。我本人，英伦绸布商人威廉·卡克斯顿，遵照崇高的、位重的、正直的玛格丽特公主，即非凡纯洁、优雅无比的勃艮第公爵夫人、洛克雷公爵夫人的旨意，将此书从法文译成英文。

---

① 威廉·卡克斯顿（1422—1491），商人、翻译家。曾在布鲁基欧洲大陆布鲁日或科隆学习印刷术。在 1469 年至 1471 年期间，翻译了《特洛伊史回顾》。出版时间大约在 1474 年，而地点也可能是在布鲁日。1476 年，他返回英格兰，在威斯敏斯特创建了自己的出版社。1477 年，他出版了英国本土印刷的第一部英文书籍《先哲语录》。

翻译工作开始于 1468 年 4 月 1 日，地点就在佛兰德斯的布鲁日（也译作布鲁基）。众所周知，翻译工作于 1467 年 9 月 19 日在圣城科隆完成。

以下，便是本书的序言。

我知道，每个人都需要智者的鼓励及劝诫，进而规避恶习之母——惰性的侵扰。每个人都应该选择一份高尚的职业，从事一份良好的工作。着手翻译此书之前，我听从身边人的意见，选了一本法语书阅读，其中，光怪陆离、精彩纷呈的历史让我乐在其中。我发觉，此书语言优美沁心，叙述简明扼要，让我可以很好地理解全书。此书在引入法国时，尚未有英语版本。因此，我想，将其译成英语应该是件好事。这样一来，英格兰王国及其他地方的人都可以了解它的精彩，即便作为闲来消遣之物，也堪为上上之选。想到这里，我便下定决心翻译此作。执笔、蘸墨，以一种愚勇之势开始了工作，并将此书命名"特洛伊史回顾"。接下来的工作让我意识到，我在英语、法语两门语言上的造诣是如此之浅。就法语来说，对于从未去过法国的我翻译起来简直是如履薄冰。而说到英语，虽然我生于英格兰南部肯特郡，但不得不承认相比英格兰其他地方，我所认知的英语粗鄙极了。在侨居海外的 30 年里，我基本生活在布拉班特、佛兰德斯及其他的"低地国家"（荷兰、比利时和卢森堡），因此在我翻译至五六页时，一种绝望油然而生，我甚至一度升腾起了断掉翻译下去的念头，无奈之下，只有将剩余部分束之高阁。两年的时光转瞬即逝，时间冲淡了我对翻译之作最初的热情与激情，直到我遇到了高贵雍容、德高望重的公主殿下，即玛格丽特夫人。她尊贵的英格兰和法兰西国王的妹妹，勃艮第公爵夫人同时也被尊称为洛特克公爵夫人，佛兰德斯、阿尔多瓦、勃艮第伯爵夫人，艾诺和荷兰等地的领主，神圣帝国的女侯爵，弗里西亚、萨兰和梅希林女勋爵派人邀请我去做客，畅谈之间她知道了我前面所提及的翻译之事，于是特地让我将翻译完成的部分送她详阅。夫人发现翻译之作的确存在英语使用上的不足，当她看到我之前翻译的成果时，便要求我进行修改并完成剩下的部分。如此命令下，我怎敢有反抗之心。因为我早已成了她的奴仆——一方面因为我臣服在其优雅的举止之下，另一方面，我每年都会接受她提供给我的年金及其他一些好处。得此授意，我便重拾翻译工作。尽管我的文法依旧粗鄙，尽管我依旧浅薄愚钝，但我在尽全力诠释原著者想要表达的意思。我恳请仁慈的玛格丽特殿下收下这部作品。如果说，这部书能有一点半点博得殿下一笑，我想我的工作便是值得的。与此同时，因为我才疏学浅，难免会使作品出现遗漏之处，我也希望读者能帮我予以纠正，多有不足，恳请原谅。

自序，至此。

《特洛伊史回顾》第二卷后记

《特洛伊史回顾》第二卷到此也就终结了。尊敬的拉乌尔弗尔神甫最初将此部作品从拉丁文译成了法文，而我受可敬的勃艮第公爵夫人之命，将其译成蹩脚的英语。据我所知，英语作品中尚未有这样的作品。此书翻译工作始于布鲁日，中间是在根特进行的，而收尾则结束于科隆。1471 年，也就是该部译著完成之时，整个世界都处于动荡纷乱中，各地的版图被英法两个王国瓜分殆尽。那时，正值 1471 年。第三卷，关于特洛伊最后的毁灭，并不需要翻译，因为贝里的修道士、虔诚的约翰丹盖德在不久前已经译过。要想做到超越前者，真可谓难上加难，但尊敬的殿下对我的要求，我又岂能违抗？另外，先前译本的形式实为诗歌，而非白话文。己所不欲，勿施于人，你不能要求任何人都必须喜欢带有韵律式的诗歌，抑或是钟情于白话文。我在科隆的日子里，过着恬淡的生活，无事可做，我可以借此时机斟酌夫人对我的要求，并欣然接受。我之所以能成为她忠诚、卑微的仆人，因为夫人的恩泽，为其带去欢乐，得到她的肯定，便是我最大的满足与继续翻译下去的动力。

《特洛伊史回顾》第三卷后记

至此，第三卷也终结了。凭借着上帝的指引和赐予我的智慧，我得以译完此卷。我从内心深处赞美我主上帝。与其他译者不同的是，为了翻译此卷，我殚精竭虑，寝食难安，对于原著过度的阅读也让我的双眼几近模糊，途中几度想要放弃，我的努力如此不易，但我依旧踽踽前行。在此阶段，日常生活的艰难，使我的身体也更加虚弱，每当如此，我便想起我曾向多名朋友所做出的许诺——会让他们尽快看到此书。因此我将巨大的体力和精力都放在了学习印刷术之上，印刷这种书籍，不同于笔墨写就的版本，待到上市之日，便可人手一册。就如同你们现在所看到的《特洛伊史回顾》一般，各卷的印刷只消一天便可完成。正如之前所提到的，我已经将印刷好的书籍呈递给我最可敬的殿下，她也很满意地接受了这本书，而且在很大程度上奖励了我，因此我恳求全能的上帝赐予她永恒的幸福。同时，我也祈求夫人和读者们不要鄙弃这部简单且"粗鲁"的译著，不要因译文与其他版本的不同而横加指责于我，因为千人千手，百人百著，每个人对于某些问题的认识都是不尽相同的，比如，狄克茨、戴尔斯和荷马就如此。对于同为希腊人的狄克茨与荷马来说，他们口中和笔下尽是对希腊或希腊人的褒奖，相比于特洛伊，他们似乎更加偏心于希腊多一些；然而，戴尔斯的态度却与他们大相径庭。至于一些专有名词的翻译，因为地域不同，时代在变迁，难免会有不相一致之处，之于同一点，不同的国家或许赋予其不同的名字。但众所认同的是，特洛伊城最后的确毁灭了，连同死去的还有许多贵族、平民，其中不乏国王、王子、公爵、伯爵、男爵及骑士，由于毁灭程度之重，这座城市没能凤凰涅槃，重建兴起。特洛伊的例子向世人证明着一个道理：任何一场战争都是那么的可怕、危险，与之相伴的往往是伤害、损失和死亡。因此就如使徒所言那样"写书之目的在于对世人的教诲"，让我们能因此而获得和平、仁慈与博爱。

《哲学家箴言录》第一版后记（1477）

至此，《哲学家箴言录》（又译作《哲学家的名言或警句》）一书到这里就算完结了。这部作品由我于 1477 年在威斯敏斯特进行印刷出版。这本书是由法语翻译成英语的，译者是尊贵的安东尼大人。他是第二任里弗斯伯爵，同时也是斯盖尔斯男爵，他的另外一个身份就是怀特岛的领主，他是神圣的教皇大人在英格兰的庇护者，也是威尔士王子的主管。译著完成之后，他将书稿送我阅览，让我提供一些改进意见。因为我之前就已经读过法文版，而英文版本的译著一直没有见到，所以当我看到此作时，发现其中蕴含着许多哲学家的伟大而智慧的格言警语，细心品读之后，为之赞叹。我告诉他，虽说过去我也曾在法语书籍中读过此类警世格言，但读到英语版本尚属首次，能够将此作译成英语，堪称大作。之后，他又托我校阅此稿。我再三托词，但他仍坚持我来修订，并向我提出文中应该删减的部分：亚历山大与大流士、亚里士多德所通书信。因为这些书信多涉及平日里的琐事，不适合作为名言警语的范例来呈现。勋爵大人同时还征询我是否该将此书印刷出版。如此美妙绝伦、对后世有着无限意义的著作，岂能允许它尘封历史当中？按照大人的要求，我审校了该部作品，并尽己所能确认了英译版与原著的契合。书中，勋爵大人在翻译过程中省去了苏格拉底对女性评价之言，当时，我感到十分不解。是什么原因让他做出如此决定呢？难道是从他生命中路过的某位女性希望如此？还是因为他钟情于某位佳人，而不希望从自己的笔端流露出此番言论？抑或是他干脆就认为苏格拉底之言实为不妥，出于对女性的怜爱与保护，他才有着如此行为？从我的角度出发，我想如苏格拉底这样德高望重的人是不会违背事实而谈论女性的，我想他如果在此说了些什么有关女性的、不被广泛认同的话，那么他的其他言论就很有可能也不被认同了。我想勋爵大人或许也是知道的，苏格拉底口中的错误是不会发生在我们这里女性身上的。众所周知，身为希腊人的苏格拉底，一个生于远在千里之外国度的人，他所接触的周遭是不同于现在的我们的，我们两地的国人有着根本的区别。不管希腊妇女如何，我相信我们国家的妇女都是善良的、聪慧的、愉快的、谦虚的、谨慎的、谨守的、贞洁的、忠诚的、真实的、坚定的、勤劳的、服从丈夫的，她们从不虚度光阴，她们谨言慎行、光明磊落，这些也是我们的民众所希望的。显而易见，这些特点一定与苏格拉底的妇女观有悖，因此勋爵大人一定是不希望苏格拉底此方面的言论出现于书中。但对于我来说，我感到左右为难。一方面，本人受命审校此书，对于该书未收录苏格拉底言论一事不能视而不见，但又如何向勋爵大人提及此事呢？"是原著中本就没有此些关于妇女的言论？""翻译的时候，一定是遗落了原稿，或是被风吹跑了几页纸？"无奈之下，我只能将苏格拉底评判希腊女性的言论记录下来，将其呈现于此书的后记中。我想，此些话并非针对我国妇女，况且苏格拉底也不认识她们，即便苏格拉底熟识我国妇女，我猜想，他也一定会注明这些言论并不适用于她们。我想说，读到此书的朋友们请原谅我，我无疑冒犯勋爵的翻译意图，但又要忠实于原作，只能出此下策。

苏格拉底说，女人是靠外表来俘获男人的心。但苏格拉底又指出，只有那些粗鄙和认不清自己的男人才会受其蛊惑。因此，苏格拉底认为，对于一个男人来说，无知和女性是其一生中的两大障碍。当他看到一位女子烤火取暖，他会说，她越暖和，就表明她越无情；当他看到一位女子生病了，他会说，是魔鬼在其左右；当他看到一位女子被带到法院时，身后有众多的女子为其哭泣，他会说，因为魔鬼对她施以了愤怒；当他看到一位年轻的女子在学习写字，他会说，这是魔鬼的滋生。他说，判断一个男人是否愚钝无知，可以通过三方面来看——一是，没有理性；二是，贪念无度；三是，任由女人摆布。他曾问自己的门徒："想让我教你们如何从魔鬼的手掌中逃脱吗？"门徒们齐声答道："想。"然后他告诉他们："不管何时，不论何地，你都要保持你自己，不要遵循你的女人的意思。"有人问他："那对于我们的母亲或是姐妹所说的话呢？"苏格拉底回答道："同样的道理，不管是谁，不要让一个男人置于女人的掌控之下，因为她们险恶无比。"当他看到一个女人愉悦至极时，他会说，这就好比一把火，你越加木材，它就会燃烧得越旺，也就会越来越烫，最后会把你烧死。有人向苏格拉底请教如何评价女人时，他回答道："女人就像一棵叫作'埃斯特拉'的树，她们只可远观而不能亵玩，因为她们满身遍布毒液。"人们问苏格拉底为何如此诋毁女性，他答道："女人就像一棵叫作'恰索尼'的树，满身长满锋利无比的刺，谁若是接近或是贴近她，独享欢愉的代价是遍体鳞伤。"人们又问苏格拉底为何对女人避而远之，他答道："她们做尽坏事，是好人都躲着她们。"有一女子曾经问过苏格拉底这样一个问题："除我之外，你会接受其他的女人吗？"苏格拉底回答道："你问我这样的问题，难道不觉得羞耻与无趣吗？因为我根本对你不感兴趣！"

以上这些言论均出自伟大的哲学家苏格拉底之口。作为要求，苏格拉底的言论是都要被收录进此书的。因此，对于他的这些话，我也只能将其置于此书之末了。一些阅读过原版法语著作的读者，一定会产生一些误解，认为我并未按照勋爵大人的旨意来审校书稿。或者，还会有些读者会质疑我将苏格拉底诋毁女性的语言温和化了，并未还原出苏格拉底"毒舌"的一面。为了给以上的读者一个满意的答复，我将苏格拉底以上的言论至于此书后记之中，如果勋爵大人或是某位达官显贵，抑或是大多数的读者不喜于此，那便将此删减罢了。在这里，我也恳求勋爵大人原谅我的鲁莽行事，原谅我的纠结心态。我怀着赞同与感恩之心将此书进行印刷出版，希望我之此举能平息勋爵大人心中的不快与怒火。对于勋爵大人之托，我日夜兼程，完成了审校与出版发行。勋爵大人所赐奖赏丰厚，我感激不尽。

《黄金传奇》第一版序言（1483）

圣洁的圣哲杰罗姆曾说过："恶魔是不会纠缠忙碌之人的。"而权威的神学家圣奥古斯汀在一本有关修道士劳作之书中也有这样的说法："健康，始于劳动。"基于此，在神的授意之下，在绅士贵族们的一再要求之下，我得以将各种不同的著作，以及史学典籍从法文翻译成英文，就像《特洛伊史回顾》《世界镜鉴》《杰森的历史》《变形记》十五卷（其中包含《奥维德寓言》及《布伦·戈德弗雷布洛涅历史》）等书，还有一些不出名学者的作品。在我完成翻译工作之后，我不知道接下来的工作是什么，崭新的作品又在哪里，我是否要着手提前准备一番。就像大名鼎鼎的学者圣伯纳德所言："懒惰是该被指责的，它是谎言的母亲，它可将坚强之人入罪，它压制美德，助长傲慢，引领人走向地狱。"又有如约翰·卡西奥德所言："懒惰只会让人对酒足饭饱感兴趣。"圣伯纳德还在一封书信中提及："待到世界末日，我们将为我们之前的碌碌无为而背负原罪，到那时，我们将没有什么原因，也没有什么借口来为懒惰辩解。"诚如普罗斯佩尔之语："活于懒惰之中，恍若行尸走肉。"我知道，先贤圣哲们对于无所事事之人嗤之以鼻；我也知道，全能的上帝对蹉跎光阴之人憎恨至深。因此，我决定让自己不再碌碌无为，不再游手好闲，一定要全身心地投入到我所热衷的事业中去。圣奥斯汀在赞美诗中曾这样说过："从事一份工作不应该当作是对痛苦的恐惧，而应该怀揣一颗爱心。"对我而言，劝诫懒散之人改过，让鄙俗之士、未受教育之人了解圣徒的降生、生活、情感、苦难、奇迹、死亡，未尝不是功德一件。有介于此，我才将这本有关圣徒故事的著作翻译成英文，书名即为"Golden Legend"（《黄金传奇》）。之所以拟名"黄金"，是因为黄金是所有金属当中最为高贵的，同样，记载圣徒的书也被认为是最为珍贵的。或许有些人问我，这部书之前不是已经被翻译过了吗？事实的确如此。据我了解，第一个版本是法文的，第二个版本是拉丁文的，第三个则是英文的，这些在不同的地区也有着很大的不同。很多历史被包含在其他两个版本中，而并不在英文版中，因此我打算从这三个版本的书中抽离出来重新进行创作，我已经下定决心彻底从之前的那个英文版本中走出来。读者们将会看到或者感受到，甚至是原谅我在一些地方进行的修改或者犯的错误。其中，如果有错误的地方，应该是我的无知所造成的，这同时也是对我的意志进行的一次考验。如果能对作品进行修正，我谦恭地恳求他们对我进行指正，这么做，他们会荣享赞美。

《加图》序言（1483）

　　这是《加图》一书的序言，值得庆贺的是，这本书终于被翻译成英文了，完成此项翻译工作的是柯彻斯特市的长官、威斯敏斯特的圣史蒂芬教堂的贝内·博格教士，他用民谣形式将此书翻译成英语，并以此献给尊贵的埃塞克斯伯爵的儿子、王位的继承人鲍夏。由于我之前就读过法文版的《加图》，因此对于其中精彩的事例记忆犹新，所以我决定把它从法文译成英文，并献给英伦。

　　身在这个享受盛誉、历史悠久的城市——英国伦敦，本人，威廉·卡克斯顿，作为一个公民，也作为英伦纺织行业商会的一员，有着博爱的精神，也秉持着良好的权利和义务，我会义不容辞地为这座古城尽己所能、倾尽所有，因为它就像是我的母亲一样，赐予了我生命，对我进行精心培育，提供给我富足的生活。现在，在我看来，此时的伦敦城远没有我年少时那样富裕、繁荣。原因是那时还有公共福利、公共服务，还没有现在这般追名逐利。哦！这些变化让我想起那些高贵的罗马人，为了罗马城的公共利益，他们不惜拿出自己所有财富，即便是以身犯险也在所不惜。从诸多事例中，我们都可以窥到其高尚的行为，就像大小西庇阿和埃克特琉斯等。如同很多亚洲、非洲国家的作者一样，此书的作者加图将书留于后世的主要目的就是让人们懂得应该如何统治和支配自己的生活，不仅仅是光怪陆离的物质生活，还有异彩纷呈的精神生活。在我看来，此书也是学校内教育孩子们最好的书，同时也适用于每个年龄层的人。如果你能读懂它，它将会让你的生活变得更加美好、便利。我看到，越来越多的孩子诞生于这座城市，但是他们并未如父辈与祖辈那样自强自立。而他们在长大成熟之后，虽有家财万贯，但能继续维持家族荣耀与富庶的仅有十之一二。在我所到过的诸多国家中，我经常看到几代的继承者们维持着家族或宗族的兴盛繁荣。的确如此，这个时间经历或要达到五六百年，甚至是上千年之久。而这些与英伦相比，我深感切肤之惭愧。在伦敦这样一个有着荣贵与古老色彩的城市中，"富不过三代"比比皆是，有的家族甚至到了第二代就已经衰败下来。哦！我的主啊，每当我看到这些、想到这些之时，心中升腾起的羞愧之情便让我难耐。我不能判断其中原因，但是，对比生活在伦敦城的孩子们来说，还有哪儿的孩子能比他们更加优秀、更加聪慧、更加美好呢？但当他们完全长大成熟之后，怎么就变得如此的"金玉其外，败絮其中"了呢？当然，我知道还有许多高尚的、睿智的年轻人"青出于蓝而胜于蓝"，他们比自己的父辈、祖辈更加优秀，把生活经营得有声有色、更加富足。因此，我翻译此书的目的就是将此作品献于这些优秀的青年，我相信他们一定能读到它，也能读懂它。这本心灵鸡汤定能让他们更好地约束自我，主宰自己的人生。

有一位来自佛罗伦萨的教士伯格斯，他是尤金大主教和尼古拉斯大主教的秘书，他在佛罗伦萨有一座宏伟的、藏书丰富的图书馆，所有去佛罗伦萨的人都以能去此图书馆瞻仰为荣。有人曾经问过伯格斯："你认为哪本书是最好的？图书馆里哪本书最值得推荐呢？"伯格斯总是这样回答："首推《加图》。去读《加图》吧！"就连伯格斯这样一位高贵的人都如此认为，那么毫无疑问，我们同样可以推断，这是一本可以助人避开所有罪恶和增进美德之书。最后，请允许我祈祷，全能的主啊，让这本书中的精华浸入读者心间，让优秀的青年从中受益，让那些愚钝无知的人博闻强识；全能的主啊，请降恩泽于那些拥有着慧眼发现书中谬误的读者吧。

《伊索寓言》后记（1483）

　　现在我将以如下故事作为这本寓言集的后记，这个故事是我最近从一位可敬的神父那里听来的。故事是这样的：在牛津住着两位神父，他们在神学方面都造诣颇深，其中一位才思敏捷，而另一位相对来说平凡无奇。不久之后，前者被晋升了圣职，后来又成为主持神父，负责管理一位王子的教堂。在前者看来，他那位昔日的同僚一定不会像他一样官运亨通，至于受到供奉就更谈不上了，最多也就是一个教区的神父而已。很久之后的某一天，这位地位崇高的主持神父乘着由 10—12 匹马驾着的马车来到了一个较大的教区，他此时俨然已经把自己当成了主教。当他走进这个教区的教堂欲向教众讲道之时，他发现了那位昔日"平凡无奇"的同僚，这位一直以来被认为"普通得不能再普通"的神父走上前来向主持神父表示谦逊、恭敬的欢迎。主持神父用轻蔑的手势向他表示：早安，约翰神父。随后，主持神父忍不住好奇地问他曾经的同僚所居何处，那位单纯的、善良的神父回答道："就在这个教区。"主持神父说："这里好像缺少一个像我一样的神父嘛。"那位质朴的神父脱下帽子说："主持神父，希望我说的话没有冒犯到您，没有使您不高兴，因为他们之前没有找到合适的人选，就派我来这里做教区主管了，我何德何能啊？"主持神父有一丝不安地问道："那你的年俸大概多少呢？""说实话，这四五年来，我还真没有仔细地算过。""应该不少吧！""主持神父，恕我直言，我真的没有太关注我的薪水，反倒是将我的这份职业、这份职责看得比什么都重要。它之于我而言，意义非常！""嗯？什么意义？""如果我悉心为教区教众传道、授业、解惑，兢兢业业做好我的本职工作的话，我想，我终会升入天堂。但倘若因为我玩忽职守而使他们的灵魂堕落的话，我将被投入地狱。这是我不能原谅自己的。所以这份职业、这份职责对于我来说，意义非凡。"听到此番言语，那位位高权重的主持神父羞愧难当，暗自发誓自己今后要更好地履行自己的职责，把更多的精力和圣俸放在教众身上。

至此，此书近于尾声。本人，威廉·卡克斯顿，于1484年3月26日即理查德三世在位第一年，完成此书翻译，并于威斯敏斯特教堂印刷出版。

乔叟《坎特伯雷故事集》第二版序言（1484）

我们应该把最热烈的感谢及最崇高的荣誉献给那些教士、诗人和历史学家。因为他们写就了许多关于高尚生活的智慧以及有着奇迹故事的圣徒、著名的义举、反映时代变迁的书籍。从创立之初到现在，如果没有他们留给我们的那些典籍，我们就不会知道我们能从先人身上学到什么。在诸多大师中，首推高贵而伟大的哲学家杰弗雷·乔叟。他之所以获此盛誉，不仅仅因为他桂冠诗人的称号，还因为他身体力行地用自己的语言——英语修饰着、润色着、美化着作品。在乔叟之前，尚存的古籍堪称语言粗鄙、前后不协调，经常出现矛盾之处，完全不能与乔叟的作品相提并论。经过不懈的努力，经过精心雕琢与修饰，他以华丽的笔调对作品进行创作，而这一切都可以从他的富有韵律的诗歌和文采绚丽的散文中窥豹一斑。在他的作品中，他能巧妙地用短小精干、节奏轻快并富有寓意的句子来表达主题，他在行文中避开了冗长的表达方式，把语言雕琢得巧夺天工。这样一来，可以让人们更容易体会到句式的精彩。承蒙圣恩，我打算印刷、出版他的一些作品，其中就包括《坎特伯雷故事集》。这本集子所选取的故事来自于不同国家、不同阶层。在这些故事里，有讲故事的人的身份背景，也有不同故事间的巧妙安排，同时故事中蕴含着高贵、智慧、温柔、欢笑、圣洁和美德。我耐心地阅读了此书，并与其他的版本进行了比对，我发现，很多版本在编著时都有所删减，很多故事都偏离了主题或添加了新的寓意。这样一来，会让读者对原著产生误解。六年前，我获得了《坎特伯雷故事集》的一个版本。我当时认为，这是最忠实于原著的版本了，于是便将其印刷出版，并卖给了很多贤人雅士。后来有一位读者找到我，告诉我，这本书与杰弗雷·乔叟的原著有着很大的差别。我只好告诉他，我只是按照我目前手上的这本书进行印刷出版，其中的内容，我并没有删减，更没有添加。这位读者告诉我，他父亲那里有一本特别心爱的书，据说与乔叟的原著的内容极其一致。他说，如果我要重新出版《坎特伯雷故事集》，即便他的父亲可能会不悦，但他仍可以将其父手中的版本赠予我作为蓝本。后来，我才发现，我之前出版的那些书在多处扭曲了作者的原意，加进了一些不相干的内容，同时也删除了一些重要的内容，对于我的所作所为，让原著蒙羞，我深感自己的愚钝。为了弥补之前的损失，为了对得住该书的作者，我对那位读者说，如果真的如其所说，其父手中那本书无比忠诚于原著的话，我乐意重新印刷出版。后来，他从父亲那里拿到该书并交送于我，这样我才有机会纠正我之前犯下的愚蠢的错误，才能将此书公之于世。我也请求，所有读到此书的读者能记住本书作者乔叟的精神，听到乔叟所说的话，这将成为你们的善举之一。那些能够理解此书之精妙、参透其中故事之美德的灵魂，一定是健康的。

马洛礼《亚瑟王之死》序言（1485）

　　我在完成了几部历史名著的印刷出版之后，又打算去出版一些有关其他征服者和君王的丰功伟绩的史籍，以及包含着得体的行为典范、具有教育意义的书籍。很多英格兰的贵族们经常问我为什么不刊印一部关于"圣杯"故事的历史作品，也就是关于三位最高贵的基督徒之一——亚瑟王的历史。亚瑟王是"三大基督徒"之一，并被公认为位列首位，同时也是英国人最该了解与铭记的基督国王。众所周知，历史上总共有九个贡献最大、最优秀、最高贵的人。其中三人是异教徒，三个是犹太人，三个是基督徒。这三个异教徒，都在耶稣降生之前就已经出现了，他们自诩是"神"的化身。排在首位的是特洛亚城的赫克托，他的生平与故事可以从歌谣和散文中熟知；排在第二位的是亚历山大大帝；第三位是罗马皇帝盖乌斯·恺撒，他的历史和故事，人尽皆知，我们可以从流传至今的多个译本中获知。至于那三个犹太人，也是出现在基督降世之前，第一位是约书亚，他曾带领以色列子民回到迦南；第二位是大卫，他是耶路撒冷之王；第三位是犹大·马克比。关于这三个人的故事，《圣经》中均有记载。而在基督降生之后所出现的"三大基督徒"，如今已经获得全世界的承认，并已列入九个最伟大、最崇高的人物之中。其中位列第一的就是高贵的亚瑟，他功高盖世，我随后会在这本书中进行详述；第二位即是查理曼，或称查理曼大帝，有关他的故事，在尚存的法文和英文的著作里随处可见；第三位是布伦·戈德弗雷，我之前读过一本记载他一生言行的书，该书用以纪念仁爱的君王爱德华四世。我身边的士绅贤达迫切地要求我刊印记载崇高的国王、卫国英雄亚瑟王和他的圆桌骑士的历史，书中还附有"圣杯"的故事及"亚瑟王之死"。大家向我提出意见：应当先刊印亚瑟王的英明事迹，因为他比布伦·戈德弗雷或其他八个人更重要；况且，亚瑟王生于英国，又是英国本土的国王，而且他和骑士们的伟绩在许多法文著作中都有所记载。我曾回答他们说：据多部著作记载，在历史上并没有亚瑟这人，所有记载他的文字都被认为是伪造的或是杜撰出来的，因为在很多编年史里根本就没有提起过他，也没提起过他的骑士。对此，那些士绅贤达们又向我表示质疑，特别是其中一位这样说：凡是认为历史上从来没有过亚瑟王的，可断定他一定是个愚笨的瞎子。历史上有诸多证据证明亚瑟王是存在的。第一点是，亚瑟之墓位于格拉斯顿博修道院。在《世界编年史》一书中，第五卷第六章与第七卷第三十二章里都曾提到埋葬他遗体的地方，后来人们发现此地后，便在此地修建了修道院。第二点是，你可以在薄伽丘的《欧洲列王本纪》中找到有关他的部分崇高事迹以及他的死因。第三点是，加尔弗里德斯的凯尔特语著作中也曾提及亚瑟王的一生。第四点是，在英国的很多地方，你都可以看见亚瑟王及其骑士们所留下的物品。据史料考证如下：第一，在伦敦威斯敏斯特大教堂所设的圣·爱德华陵寝里还保存着亚瑟王用红蜡所打的火漆印，它存于绿宝石框中，外面写着"亚瑟王乃不列颠的、法兰西的、日耳曼的、达西亚的统治者"等字迹。第二，在多佛城堡里，你可以看见圆桌骑士高文的头颅骨及卡拉多克的披肩。第三，在温彻斯特，你可以亲眼看见亚瑟及其骑士们所用的圆桌，在别的地方还有圆桌骑士兰斯洛特的宝剑及其他物件。根据以上证据，对于英国有这么一位名叫亚瑟的君王，我想没有人能否定其存在过吧。不管在什么样的地方，信仰基督教的国家也好，异教徒的国家也好，他都鼎鼎有名，在九个最著名的人物中首屈一指，又是"三大基督徒"中的第一人。他更是扬名海外，有关他的丰功伟绩都用不同的语言进行了记载，如荷兰语、意大利语、西班牙语、希腊语以及法语，作品数量超过英国本土的著作。再者，根据遗留下来的史料记载，在威尔士卡莫洛特地下藏有亚瑟王宫的巨石及一些铁器，还有拱顶等建筑物，据了解，当代就有许多人曾亲眼见过。这些遗迹都足以说明亚瑟王朝存在过。但对于亚瑟来说，他在英国的知名度并没有在海外那样如雷贯耳，这或许验证了上帝的那句话吧：没有哪个先知在本国是受欢迎的。有基于此，我无法否认我们这里有这样一位德高望重的君王，他是世界最高贵的九大著名人物之一，也是三个基督徒中最早，也是最重要的一位。关于他本人和骑士们的故事，现存多部法文著作，我旅居海外的时候，就曾读过，可惜并没有以我们本土语言写就的。用威尔士语和法语写就的很多，用英语写的只有一小部分，数量并不多。现在我凭借着上帝赐予我的智慧以及社会贤达们的赞许与指正，将《亚瑟王之死》予以印刷出版，将亚瑟与圆桌骑士的故事公之于众。这部英文史籍是托马斯·马洛礼从诸多法文素材中撷取一些材料编著而成的一部英文典籍。我刊印了这部抄本，目的就是使社会贤达们能了解和学习骑士们的崇高风度，以及嘉言高行，这些也是他们受人敬仰的原因；反之，那帮为非作歹之人必受到惩罚、侮辱及责难。这本书记载了有趣的历史故事，同时还刊载了那些博爱仁慈、和蔼大方、豪爽磊落的骑士们的故事。我谦卑地恳求所有读到此书的人，不论你是贵族还是贫民，不论你身份如何，不论你地位高下，也不论你是否拥有爵位，我请求你学习本书里那些善良、诚实的行为。因为你可以在书中看到高贵的骑士精神，也可以看到谦恭、博爱、诚恳、坚忍、爱、友谊、胆怯、凶杀、狠毒、美德和罪恶。亲善远恶，终会得到名望与荣耀。同时，该书也将帮你度过平日里的闲暇时光。至于本书的内容，你是否完全相信，那是你的自由。本书完全是为了训诲世人而写，同时还警诫我们不要作恶，不可作孽，应当依照道德标准做人。我们若是能照此行事，在短暂的岁月中，就能得到无上的光荣和名誉。

亚瑟王是一位伟大的征战者，也是一位仁爱的君王，是这片曾经叫作不列颠王国的国王。他的故事高尚幽默。现在，从高贵的君王到宫女，从士绅到贵妇，纷纷表示想读、想听，为了满足他们的要求，不才威廉·卡克斯顿，一介平民，特地编印此书，以此献给他们。此书记述了高贵品德、英明武功，以及勇敢、坚毅、仁慈、爱、礼仪、和蔼以及其他精彩绝伦的历史和冒险故事。为了使读者清晰明了地理解此书内容，我将其分为二十一卷，每卷又分为若干章节。现介绍如下：

第一卷记述不列颠王尤瑟怎样生出高贵的亚瑟王，共 28 章。第二卷记述一位高贵的骑士巴令，共 19 章。第三卷记述亚瑟王与格温娜维尔的婚姻及其他琐事，共 15 章。第四卷记述梅林如何为湖中仙女之爱而发狂，以及日列王对亚瑟的征讨，共 29 章。第五卷记述征战罗马卢修斯皇帝，共 12 章。第六卷记述兰斯洛特骑士与莱昂内尔骑士的冒险经历，共 18 章。第七卷记述高贵的加雷恩骑士的故事，共 35 章。第八卷记述高贵骑士特里斯坦的出生，及其生平事迹，共 41 章。第九卷记述凯骑士戏称青年骑士"拉·克特·梅尔·太耳"，意为"衣衫褴褛之士"，以及特里斯坦战斗的事迹，共 44 章。第十卷记述特里斯坦骑士及其冒险故事，共 88 章。第十一卷记述兰斯洛特骑士及格拉海德翰骑士的事迹，共 14 章。第十二卷记述兰斯洛特骑士及其狂妄的行为，共 14 章。第十三卷记述格拉海德骑士初次觐见亚瑟王，以及如何开始追寻"圣杯"下落的故事，共 20 章。第十四卷记述追寻圣杯的经历，共 10 章。第十五卷记述兰斯洛特骑士的事迹，共 6 章。第十六卷记述鲍里斯骑士及其胞弟莱昂内尔骑士的事迹，共 17 章。第十七卷记述有关"圣杯"的故事，共 23 章。第十八卷记述兰斯洛特骑士与王后格温娜维尔的故事，共 25 章。第十九卷仍是两人的故事，共 13 章。第二十卷记述亚瑟王悲惨之死，共 22 章。第二十一卷记述亚瑟王的身后事迹，以及兰斯洛特骑士如何为亚瑟复仇，共 13 章。全书共 21 卷，507 章。为了更清楚地了解亚瑟王与圆桌骑士的精彩故事，请读以下的正文。

尼古拉·哥白尼[①]〔波兰〕

《天体运行论》献函

致最神圣的教皇保罗三世

我毫不怀疑，如果我将《天体运行论》此书公之于众，一定会有很多人因我的"地球转动轨迹论"而恼羞成怒，他们一定会把我和我的理论送到地狱去。还好，我还没有疯狂迷恋我的学说到极致，

---

① 尼古拉·哥白尼，1473 年出生于普鲁士西面的乡村，童年时与波兰籍的父亲、德国籍的母亲生活在一起。曾就读于克拉科夫大学和波隆那大学，在罗马主修天文学和数学，之后在帕多瓦研究医学，在菲拉拉研究教会法，他被任命为弗龙堡大教堂的教士。他把他的余生都献给了天文学，1543 年去世。

此书讲述了近代天文学的基本观点。写这本书时，人们一直笃信"日心说"，认为地球是宇宙的中心且静止不动。尽管哥白尼的理论在当时无法确立且又显得荒谬，但他是最先提出并更好地解释"日心说"理论之人，也为开普勒、伽利略和牛顿等人的"日心"理论奠定了基础。

以至于不考虑别人的想法的境地。尽管我知道哲学家和门外汉的想法相去甚远，因为哲学家是在上帝允许人类所及的范围内，为寻找万物的真理而努力的智者。我仍然坚信要避免与正统说法无关的言论。因此，我知道，如果我说地球是运动的，那么这对于相信了地球是宇宙中心数世纪的人们来说，是多么的荒唐！因此我一直犹豫着是否应该发表我证实这一理论的提纲，或者仿照毕达哥拉斯学派或是别的其他例子，因为他们都习惯于口头传达哲学的奥秘而非进行书面表述，更何况他们也仅仅将所学传给亲朋好友，就像西斯给依巴谷信中所证实的那样。在我看来，这并不像其他人所想的那样：他们这样做只是出于某种私心与不愿，他们不想把他们的观点告诉别人，而是他们发现自己悉心研究后的真理不被人蔑视而已。因为总会有这样一群碌碌无为的人，他们从不关心任何科学研究，当然除了有利是图的。也有一些人，因为听信了别人的劝解或看了他人的示范而产生了哲学研究之想，我想，他们是愚钝的，就像那些懒惰而无知的雄蜂。因此当我慎重考虑这件事的时候，由于我的观点新颖又显得不切实际、难以理解，让我不得不担心会被人轻视，这差点让我完全放弃了我已经开始的工作。

不管怎样，就在我几乎完全放弃的时候，我的朋友帮我做了这个决定。其中，对我帮助最大的是尼古拉·羡堡，他是卡普亚的红衣主教，他精通多门学科，在各个研究领域都赫赫有名，是一位负有盛名的学者。其次，就是我最亲爱的朋友台德曼·吉兹，他是致力于神学和其他科学研究的库尔目地区的主教。他经常鼓励我，有时还用责备的语言刺激我去发表这部著作，最终在他的激励之下，这本拖了 36 年之久的著作得以问世。有不少杰出的、有学术成就的人也向我提出了同样的要求，他们启发我、鼓励我，认为我不应该再因为害怕被拒绝而不发行我的这部与数学学者们有着共同利益的辛劳大作。他们说我应该这样想，人们认为我的地球运动理论越荒唐，他们看完我发表的作品后就会越敬佩、越感激我，书中清晰的证据会改变他们以往的看法。所以，在这些人的希望与影响之下，在他们一而再再而三的恳求之下，我终于将此篇著作公之于世。

确实如此，尊敬的教皇陛下，将自己花费了巨大心血研究出的结果公之于世让我获得了很大的勇气，并毫不犹豫地将它用文字的形式表达出来。也许，您可能想听我说一下，为什么我会完全否定那些天文学家公认的观点，甚至违背常识，而相信地球正位于预期的轨道上运动呢？是的，您会对这个感兴趣的。我并没有打算向陛下隐瞒这一点。第一，他们对太阳和月球运动的了解可能并不是那样权威，所以他们被"回归年"误导了，甚至没办法准确测出它的长度。第二，他们在对五大行星运动及运转进行测定时，所使用的方法和原理是不一样的。有的人只会用同心圆，而另外一些人却用离心圆和本轮。最后，他们都找到了各自的答案。所以就出现了我们看到的现象：认同同心圆的人能够证明运动的不均匀性，这是一项很了不起的成就，他们唯一的缺点就是无法用这个方法得到与观测相一致的答案。那些使用离心圆的人通过合适的计算，在很大程度上解决了"运动算法与观测不相一致"的问题，前提是他们用了很多与均匀运动相反的概念。最重要的是离心圆理论不能得出有关宇宙结构、形状或者宇宙各部分对称性的答案。他们就像画家一样，在不同的人当中临摹出头、胳膊、大腿或者其他部位，尽管他们画技超群，每一部分都临摹得很完美，但是拼到一块儿的时候就出现了整个身体不相称的问题，各部分显得是那么不协调，以至于只能拼凑出一个类似怪物的东西，而不是正常的人。由此可见，用离心圆论证的过程，或者叫作"方法"，如果不是遗漏了某些重要的东西，那就一定是塞进了一些毫不相干的东西。如果他们遵循科学的原则，那么这种情况就绝不可能发生。如果他们的假设没有错误，那么毫无疑问，结果就会得到证实。即使我现在阐释得不够清晰，但是将来在适当的场合，它也一定会变得像上帝的眼睛，或者果园里熟透的水果一样清晰可辨。

传统天文学在关于天体运动计算研究中存在的混乱让我思考了很长时间，我开始感到愤慨。当我想到天文学家们不能理解上帝为我们创造的最美好、最巧妙的世界时，就会感到懊恼。然而，对于那些跟宇宙相比显得极为不起眼的事，他们却研究得非常具体。所以我开始决定重读我所能找到的哲学著作，希望能找一些天体运动与不同数学学派的假设。首先我在西塞罗的著作中看到：海西塔斯假设过地球的运动。然后又在普鲁塔尔赫的作品中发现了一致的观点。当然，还有其他的一些优秀天文学家关于天体运动的资料。为了使每个人都能信服，我决定把他们的结论整理出来，具体如下：

很多人认为地球是静止不动的。但毕达哥拉斯学派的费罗劳斯却坚信地球跟太阳和月亮一样，都围绕着一个火体在黄道面做圆周运动。邦都斯的赫拉克利特和毕达哥拉斯学派的伊克范图斯也都认为地球在运动，但没有确定的方向，而是像一个车轮，以一个中心作逆时针旋转。

我正是从这些有着自己观点的资料中受到启发，开始思考地球是否运动，或者是以什么样的方式运动。这个想法听上去很离谱，但我知道，为了能够解释天文现象，很多著名的科学家已经设想出了各式各样的圆周运动。因此，我想我也可以尝试假设地球的一些运动形式，或许我可以找到有关地球在做某种运动的证据，从而得出超越此领域先行者的、更具说服力的解释。

因此，从本书中提到的关于地球运动的假设出发，我经过反复的思考发现：如果把其他行星的运动和地球的运动的轨迹相比较，并且以每一颗行星的运转轨道来计算，那么，理论上，我们将观测到所有的行星和一切天体。再进一步推演，所有天体的顺序和大小跟整个宇宙是一个完整的有机体，我们移动任何一部分甚至某一个运行中的天体，整个宇宙的秩序都将受到影响，以至于变得混乱和无法预见。因此，在阐述我的学说时，我决定采用这样的顺序：第一卷，我将阐述天体在宇宙中的整体分布以及我个人认为的地球运动形式。在其他各卷中，我会把宇宙中其他天体的运动和地球的运动联系起来。如果这些天体的运动都与地球的运转有关，那么，包括地球在内的各种球体在宇宙中运行并共同构成宇宙这一观点将再次获得强有力的论证。那些智慧的且具有科学精神的天文学家们，如果他们思考得足够认真和深刻，那么，我所引用的材料就会在最大程度上支持我的论点。为了更直接地面对所有人的批判和质疑，我愿意把我的著作呈献给陛下。您有着对一切文化的热爱，您有崇高和英明的人格，这使您成为至高无上的权威，尽管您深藏不露，但您的威望和智慧仍可轻易地辨别诽谤者对我的伤害。尊敬的教皇陛下，您知道，总是有一些吹毛求疵的科学家，他们对天文学一点也不了解，却伪装成这门学科的专家。他们从《圣经》中断章取义，歪曲科学，用来捍卫他们黑暗的个人利益。他们对我的学说讽刺、曲解，但我只会还他们以鄙视。在那些人中，甚至包括拉克坦提斯，当然，他是一位伟大的作家，而不是科学家。他可以随意地谈论地球的形状，并嘲笑那些说地球是球形的人。他对我的嘲笑可以理解，因为天文学的书籍中只有科学的和理性的推测。只有真正的天文学家才会发现，我的书对教会将有着不小的贡献，而教会现在是在陛下您的主持之下。不久前，国王还是里奥十世时，拉特兰会议曾讨论过关于教会年历的修改问题。但这件事一直没有得到解决，原因仅仅是年和月的计数方式以及对太阳和月亮的运动的测定不够准确。正是从那时开始，在辛卜罗尼亚地区最杰出的保罗主教的倡导下，我将注意力转向了这类话题。现在，我将我思考和研究的成果呈献给陛下，请您和所有富有学识的天文学家来鉴定。为使陛下不至于感到我在夸大本书的用处，我现在就转入正文。

埃德蒙·斯宾塞[①]〔英〕

《仙后》序言（1589）

致沃尔特·罗利爵士的献函

这封信阐释了作者的整个写作意图，为读者理解该书提供了线索及帮助。

谨献给女王陛下治下的康沃尔郡郡守，真正的贵族，勇敢的沃尔特·罗利爵士，即斯坦那瑞斯的沃尔特勋爵大人。

爵士，我知道所有的寓言作品都被人们解释得含含糊糊，我这

---

① 埃德蒙·斯宾塞，1552 年生于伦敦，1599 年去世。他是从杰弗雷·乔叟过渡到莎士比亚时代之间最杰出的诗人，《仙后》是他最长、最著名的作品。《仙后》前三卷出版于 1590 年，四至六卷发布于 1596 年，最后剩余的六卷尚未完成，其中两卷在他死后出版。这本书把语言和浪漫结合起来，在给沃尔特·罗利关于《仙后》序言的信中，作者表达了写作的目的和寓意。

本名为《仙后》的作品是一篇连载式的长篇寓言，也是一部黑色隐喻式的作品。为了避免嫉妒和误解，同时更方便您的理解，我认为向您解释这本书的总体意图和主要内容是有益处的（我并非为了表达什么特殊的目的），当然这样做也是应了您的要求。这本书的写作目的是用美德和善行来塑造高贵的人格，因此，我在《仙后》每卷的结尾都设置了与历史传奇相关的故事或人，这样人们更容易理解。我想通过虚构的史诗故事来增光添彩，我想，这么做是最为合理的。因为人们总是很乐意读到这样的作品，他们希望自己能从中得到榜样的力量。之前的诸多作品都选择了亚瑟王的史诗故事作为样本，这让其成为人尽皆知的人物，这也是我将他视为不二人选的原因。他身上的美德、他所得到的盛誉与他本人的地位是极为相称的，以至于到现在也不会有人猜疑和嫉妒他的名望。在这一点上，我追随着古代的史诗诗人的思想：第一位是荷马，他在《伊利亚特》里将阿伽门农塑造成了一位有德行的人；第二位是维吉尔，他在塑造埃涅阿斯时表现出了相似的意图；第三位是阿里奥斯托，他将前两者都写进了他的作品《奥兰多》中；第四位是塔索，他重新塑造了两个人物，使其身上分别体现上述的两种品质，也就是说，在里纳尔多身上闪耀着哲学中称为"道德"的光芒，或称作"个人品德"，而将"政治修养"赋予了戈德弗雷莫属。借用前人的手法，我想来描述一下我笔下亚瑟的形象。在他成为国王之前，他是一名勇敢的骑士，在亚里士多德设定的十二条个人道德标准上，他都表现得极为完美。本书前十二卷的立意就是这样的，如果这十二卷能得到很好的认同，我也就会有勇气构思在他成为国王以后，关于他的政治修养的那一部分。我知道，对于某些人来说，这种表述方式可能不那么尽如人意，不像他们一样采用格言、箴言或是说教来解释"修养"，但我想，他们的这种方式才是大家最不能接受的，因此我竭尽全力表现青年亚瑟的形象。正是出于这个原因，色诺芬比柏拉图更受欢迎。柏拉图常用深入的分析来判断事物；色诺芬往往会借着居鲁士和波斯人的口，阐述一种最为理想的政府状态。由此看来，摆事实比讲道理更容易让人接受。我便是以后者的方式来塑造青年亚瑟这个角色的。伊格娜生下亚瑟之后，梅林就把他交给了泰门抚养。我假想他向泰门学艺多年以后，在一个梦中或是幻境中看到了仙后，并被她的美丽所征服，醒来以后便决定去寻找她。梅林为他提供了武器，泰门给了他足够的教导，于是他前往仙境去寻找她。在我的总体构想中，仙后就是象征着"荣耀"的女神；具体来说，在某种意义上，"仙后"是我心中最杰出、最高贵的女王的化身，而她所身处的仙境则是不列颠王国的隐喻。另外，我在本书的其他地方也曾暗喻过女王陛下。她的身上负载着两个角色：一个是高贵的女王，另一个是最有德行的、最美丽的女性——后者我将在贝尔菲比身上有所体现，这个名字源于月亮女神的形象。书中，通过对亚瑟这个人物的塑造，我想表达其"崇高"的道德品质（这也是亚里士多德等大师的看法），"崇高"是所有道德品质完美的结合，"崇高"之下包含着十二种美德。为了使故事的内容更加丰富，我将十二种美德赋予了十二位骑士来进行阐释。书中前三卷描述了三位骑士冒险的故事：第一位是红十字骑士，他代表的是虔诚；第二位是盖恩，通过他，我想表现的是节制；第三位是女骑士布里托马，通过她，我意欲刻画的是贞洁。在三位骑士经历的描述上，开头显得有些突兀，需要与先前的故事情节相联系，读者需要知道这三位骑士进行种种冒险的理由。史诗诗人采用的写作方法与史学家所采用的编撰方法不尽相同：后者会严格按照事件发生的时间顺序和行动的先后顺序来进行描述，而诗人会直入主题，甚至按照其喜好来直接进行说明，由此追溯过往，预示未来，这种方式看上去是令人更加容易接受的。

如果让一位历史学家来讲述，我的故事将从第十二卷开始，而我却将它放在了最后。在这卷中，我讲述了仙后设下为期十二天的年度盛宴，在这十二天中分别发生了十二个冒险故事，将由十二位不同的骑士完成，而这些故事将分设在十二卷中。第一卷是这样的：在盛宴开始时，一个高个儿、滑稽的年轻人出现了，他跪倒在仙后面前，提出一个仙后不能拒绝的请求：让他有荣幸先执行宴会期间发生的第一次冒险行动。仙后答应了他的请求。不一会儿，又进来了一个美貌的女子。她披麻戴孝，骑着一头白色的驴子，一个个子矮小的人手持骑士长矛，牵着一匹战马跟在她的身后，马上驮着骑士的盔甲。她在仙后面前俯下身去，哭诉她父母的不幸——两人是远古时代的国王和王后，多年前被一条巨龙关在一座牢不可摧的城堡里，囚禁之苦折磨着他们。因此，她恳求仙后派给她一位骑士帮助她。那个滑稽的年轻人立即站了出来，希望能完成这项任务，对此，仙后十分犹豫，而那个漂亮的女子也颇多微词，但年轻人一再请求，最后，那个女子说除非他能穿上她带来的盔甲（因为这副基督徒的盔甲是由圣保罗特别订制的），否则，他不可能取得成功。然而，当他穿上这副盔甲时，他看上去已然成为在场的骑士里最适合的人选，这让他赢得了那个女子的欢心与首肯，随后，他亮出了自己骑士的身份，跨上那匹神奇的骏马，带上美丽的女子一起投入冒险之中。第一卷就是这样开始的：一位高贵、温柔的骑士策马驰骋在平原之上……

宴会的第二天，来了位朝圣者，他鲜血淋淋的双手中怀抱着一个婴儿，他诉说道：孩子的父母都被一个叫阿克拉霞的女巫杀害了。因此，他恳求仙后派给他一位骑士与他一起去除恶扬善。于是，这任务被指派给了盖恩骑士，他与那位朝圣者立即出发了。第二卷的主题由此展开。

宴会第三天来了一名男子，他在仙后面前诉苦说，一个叫布斯瑞恩的邪恶的男巫将一位叫阿摩雷特的漂亮女子抓走了，让她遭受了最悲惨的折磨。这位女子的爱人斯库达摩尔骑士当即接下了任务。但是由于他无法破解那些恶毒的巫术，未能完成任务，在承受了长期的悲痛之后，他最终遇到了布里托玛骑士，并得到了她的援助，寻回了他的爱人……

每一卷的故事中都穿插了若干个小故事，所有故事的发生绝非偶然，前后之间都有着合理的、自然的解释，像布里托玛的爱情、马瑞内尔的失败、弗洛瑞梅的烦恼、贝尔菲比的圣洁、赫勒诺拉的好色等。

爵士，为了让您了解故事的来龙去脉，我进行了以上简短的描述，同时也简单地将我的创作意图分享于您，希望您能充分地了解此书。即便没有我以上的赘述，我想您也会沉醉于此书之中的。如若此书出现些许不解之处，我卑微地恳请您能理解、原谅。愿您快乐永驻，就此搁笔。

您最谦卑的、亲爱的挚友　埃德蒙德·斯宾塞

1589 年 1 月 23 日

沃尔特·罗利〔英〕

《世界史》序言（1614）

虽然我也觉得承担这项繁杂的工作不合适，但出于个人的坚持，我还是决心去做这项工作。随着黎明的智慧之光点亮我年轻的岁月，在我还未受到时间和命运的洗礼之前，我惧怕这充满死亡色彩的黑暗在真正的序幕开启之前便将我们吞没。很久以前，随着创作的开始，我开始着手世界历史的描述，最后谈到著名的大不列颠的历史。我承认我得将那个年代最好的部分整理出来，但我却着眼于整个世界，是的，我力不从心，没有将最好的时光花在那件事上。对于一部世界史来说，只要时间是对的，这就够了。但那些曾经很深的、痛而未愈的伤口刺痛着我的躯体乃至灵魂。我尝试在逆境中寻找创作的热情，为了满足我的莫逆之交，基于以上原因，我将我的思考诉诸笔端，也使我成为别人品头论足的谈资。

就目前而言，我没有亏欠这个世界什么。这个世界变化得太快，顺境和逆境永远能释放或是束缚世俗的情感。我们都有这样的经验：狗总是会对着不认识的人或者是同伴咆哮，毕竟狂吠是它们与生俱来的本性，因此可以说它们不体谅世人；有些人轻率地认为每个人都需要诚实的美德，这就要求每个基督徒都必须仁慈，却仅凭那些不实的流言和不确切的证据就伤害没有犯过错的人，甚至连君王都认可谎言的编造者。"不要轻易地责怪别人，"《便西拉智训》中如是说，"在你追究问题之前，先弄清真相，然后再公正地进行评判。毕竟谣言还未加鉴定有待研究，它们是没有证人、没有法官的恶意的欺骗。"正是这种庸俗的看法证实了奥古斯汀的理论，他害怕好人的赞美，也憎恶坏人的夸奖。对于这个问题，塞涅卡的话给出了一个很好的解释："办事需要有自己的准则，不能轻易被谣言所困，尽管它不一定总是邪恶的，但是我们必须摒弃它，才能拥有一个美好的结局。"

对我个人而言，我很珍视能够服务于国家的机会，在这个阶段完全没有任何利益关系，这就好比一个水手的船坏了，那么再好的天气于他而言也毫无意义，当然从另一方面来讲也没有坏处，好比船已经靠岸，那么再大的暴风雨对他也没有威胁。我知道因为我忠于女王，一些人对我没有好感，我的忠诚即使化为尘埃也不会改变他们的态度。即使是为了维护她的尊严，我也从未伤害过别人。所以对于现在所遭受的一切，我引用塞涅卡的一句话："只要光明公正，哪怕再坏的判决，也令人雀跃。"对于有些人来说，如果获得荣誉是为了他们自己，那么我既不会羡慕他们所得到的荣誉，也不会为自己的不幸而感到悲哀，这里我想引用维吉尔的一句话来说明此意："他们并不忠诚于自我。"在很多方面，我们力图使别人满意，这是一种狂热的表现，却得不到我们所期待的结果。我们要清楚那些不是事实的真相，而只是一种观点，一种无须通行证就可以在全世界畅通无阻的观点。不然，如果人的思想不如其表面一样富丽堂皇的话，就可能仅凭口才，甚至仅凭正义的说辞就会说服对方。

这就是没有生命的尘土和有呼吸的生命的优点，上天给予了时间和尘土这样的特点，不论是我们过去的所闻所见，还是如今的所听所感，从不同的角度看，每个人都有不同的侧面，每个人的思想不同，每个人都有区别于其他个体的特征，每个人也都有自己的思考和想象，区别成就了不同的本性。因此，我们会从中发现人们的思想千差万别，人们可能存在着矛盾的爱好和倾向，人们的身上会有如此多的自然与不自然、聪明或是愚蠢、成熟抑或幼稚的情绪和情感。而形成这些区别的是植物和具有理性的生物的内在形态，而非肉眼凡胎能观察到的外在形态。

虽然上天不让人类掌握读心术，而是把它留给了自己，但这如同树的果实会泄露树的身份一样，我们也可以通过一个人的作品，理解这个人的想法（只要他的思想是通过其作品来表达的）。不仅是这样，如果彼此生平相像，没有过多的造作和恐惧，一个人去揣摩另一个人的想法也是很容易的。人世间的爱，根据人们自身的法则，赋予了人们才智去修正其内在缺点。"没有一个人能长时间为其虚伪的行为做掩盖，那些虚假的伪装，不能长期掩饰自己的本性。"同样，如普鲁塔克所言：一个人无论怎么改变，都无法掩盖从他的话语中所暴露出来的真性情。

人是具有不和谐和理性这两个相异特点的理性生物，如果我们观察大多数的普通人，就会发现"普通人不会明辨是非，很难公平地做出判决，所以他们的智慧让人鄙视"[①]；而去看那些聪明人，他们有自己的决断，却通过责难别人来抬高自己。所以这些事情的发

---

① 《传道书》。

生也不奇怪，虽然我的这些书籍已经被老鼠破败得不成样子，却仍能从中看出那些来自时代的懒散的批评者不留余地的责难：有的是指名道姓地说教会里那些令人尊敬的教父野心勃勃；有的则话里话外地讽刺那些对自己严苛的人虚伪造作；还有的对那些追求公正的人品头论足，说他们不过是为了得到名声；更有甚者抹黑那些勇敢坚韧的人，说他们不过是徒有虚名。所以对那些吹毛求疵、颠倒黑白的人的本性，所罗门在很早以前就这样形容过：这个时代让这个世界日渐变得邪恶，我们要让那些有着自己宗教信仰的人敢于申诉、能够申诉，这是我们之间相处最简单不过的方式了。

　　以上便是序言的第一部分，在此部分，我竭尽所能，穷尽我一生的记忆，只为留予后人。所以在这里，我不会毫无意义地去重复别人的话来浪费大家的时间。事实证明，自己的判断将胜于人类所拥有的知识，是它给予了我们对生活的理解。没错，它也使我们战胜了几千年不朽的时间，让我们的思想中产生了公平意识并形成了敏锐的洞察力，我们可以清楚地看到，我们生活的世界是如此的美好。正如赫尔墨斯所说：上天的明智之举就是赋予了我们一双洞悉万物的眼睛。我认为我们可以穿梭回到创世纪的那个时代，我们可以知道世界是如何被创造出来的，看它是如何被支配的，看它是如何从一片汪洋中出现又是如何消失的，看它是如何兴盛又是如何衰落的，看上帝是如何创建美德，而道德又是如何缺失的。并不是我们亏欠着历史什么，历史才会让我们了解沉眠于地下的先祖们。它只是向我们传递了一种记忆和一丝希望，告诉我们祖先们曾经有过辉煌。总而言之，历史上的政治制度没有一个总是错的或是正确的，而是需要在与前人的比较中，让我们了解到自己的过失与不足。它既不是最生动的案例，也不是最聪明的人类言语，更不是对未来的恐惧，而是让我们愚昧无知的头脑牢记有一种智慧可以洞察一切，能轻易看穿我们的伪装。而它的公正则需要我们来佐证，无论我们为自己的所作所为找多么华丽的借口，也无论我们采取何种形式来平息舆论，我们的一举一动都瞒不过它。无论异教徒们宣称他们有多智慧，他们所谓的智慧都远远不及它。就如欧里庇得斯所说："如果一个人以为在生命中的任何时刻犯下的罪恶可以瞒过神明，那他就错了。"

如果想要重复最终的审判，那恐怕需要另写一本书了，因为这样的例子实在是太多了，就像是深不见底的大海一样。小人物的裂痕随着他们的逝去终归于土壤；他们将肉体和个人财富置于身外，只留下那些回忆，在还没有看到什么不好的下场时，他们是不会惧怕自己的缺点的。于是，作者收集那些非凡人士的事迹和最终下场，并把那些评判留给子孙后代。追溯到远古，天使因为野心，终究堕落成为恶魔；最伟大的帝王因为对上天的不敬而被诅咒，难逃被野兽分食的命运；法老自作聪明的做法——在以色列人回到家乡前杀死他们的幼子；耶洗别为了掩盖其放荡的罪行让长老以法律的名义处死亚伯。这样的例子多如牛毛。除了将它们记录下来，难道还有其他方式让这些古老而遥远的警示不被遗忘吗？巴比伦、波斯、叙利亚、马其顿、迦太基、罗马等已经消亡的国家在它们的土地上曾经的那些花儿、草儿，哪怕是树木都不可能再长出来了，因为它们的根已经不在了，甚至连残骸也没有了。"人类利用他们双手所创造出的东西，不是被他们亲手毁了，就是被慢慢消磨掉了。"使其消亡的原因有很多不同的说法，但最根本的原因只有两方面。如政治家们所言：堡垒是从内部被攻破的。也有人说，国家越大就越容易因为自身的问题而垮掉。对于这点，李维曾这样评论道："随着一个国家日益壮大，它自身的压力越发变大，这是任何一个国家都会面临的结果。"克雷狄帕斯就曾对庞培说过："任何国家在没有成立之前，上天就已经将它合适建立以及将存在多长时间规划好了。"通过此书，您可能只需一天时间就可以领略很多王朝的兴衰更替。

这本书的前几卷主要是以人类最初的国王以及他们王国的历史为主。因为此序言篇幅有限，我们尚不能追溯到更远的时代，并对那时的国王及其历史进行详细的阐述。现在我要做的是，研究一下我们的国王和王孙贵族们，他们都曾目睹历史上的不忠、不公及其所导致的结局，但是他们还是重蹈覆辙。现在让我们来看一看他们究竟做了些什么吧。

的确，人们对自己所知的事物判断不同，其性质在人的心目中就会映射出不一样的感情。但对于所有人来说，对他们触动最深的往往是那些让他们感觉到忧伤的事。不过公正的判断标准是永远不会改变的，它不会因为审判时间太长而感到疲倦，进而把祝福赐予那些本该受到诅咒的时代。因此那些智者，或者那些脑子不是非常灵光的人，都能以史为鉴，他们知道这样一个道理：善恶终有报，这不是某些人的个人体会，而是有充足的证据可以证实的。我将在序言中以此类事例作为佐证，这些事例不在正文中予以呈现。

在日耳曼民族的国王中，我们先不谈其暴力征服他国之事，我们只讲一个能凸显公平的例子——对亨利一世的子孙们的惩罚。亨利一世，这位国王在当时通过武力、狡诈、残酷剥夺越位，最后欺瞒并杀死了自己的长兄——诺曼底公爵罗伯特，霸占了他的土地和财产，令他失明，最后惨死。为了惩罚他的罪行，上帝将他所有的子孙，无论男性还是女性，无论侄子还是侄女，都概莫能外，连同一百五十多个仆人一同沉入海底，他们当中很多是王孙贵族，其中也不乏亨利一世的情人。

接着，我们再来看看爱德华二世。在他被谋杀之后，出现了一系列的恐怖事件——他几乎所有的王子都死于同一种疾病。即使年轻的爱德华三世怀疑这件事与他父亲的死有关，无非也只是怀疑。后来还是他的叔父——肯特伯爵劝告爱德华三世赦免其父的罪过，但按照肯特的意见去处理违背了爱德华三世的意愿。最终事实标明，爱德华三世对曾经发生的事并非全然不知，尽管他最后将母亲的情夫、通奸卖国之人莫蒂默处死了，也还是没有改变自己子孙的厄运。爱德华二世的孙子，查理二世在位期间，其掌管财务的大臣和他的心腹乃至仆人不是被贫民杀死，就是被其政敌处决。但查理二世总是自以为是，从不吸取教训。亨廷顿的肯特伯爵和蒙塔古的斯宾塞伯爵都是政治野心家，他们为了取悦查理二世，在谋杀了格罗斯特之后不久，他们和他们的信徒都被杀死在暴力冲突中。在此之后，还有很多人的行为比查理二世还要令人不齿。至于国王自己（他的所作所为不为世人所接纳，完全不符合他作为国王的身份），他在年轻时便被他的堂弟废除，并处以死刑。兰开斯特家族的亨利继位，成为亨利四世，至此，查理二世的种种不幸也揭示了上帝让爱德华三世的子孙们所受的恶果应验了：他几乎断子绝孙，他的二代和三代子孙差不多都被杀尽。

在那之后，亨利四世获得了王位，但他的权力是微弱的，即使他当上国王，人民对他也有所不满。他曾宣称，他获得的是合法的继承权，他背叛了理查德，也背叛了整个王国，因为他曾在议会中发誓，国王若被罢免，可以留其性命，但他最终还是将查理二世处死了。他在位的十几年间不停地受到臣民的攻击，他也从没能摆脱阴谋和背叛的阴影。如果一个人在死亡之后，灵魂可以看到他想看到的东西，那么亨利四世将会看到，他的孙子亨利六世以及他的儿子都被无情地杀害。王冠在他的家族中来回流转，以至于他的反对者们也得以佩戴与享受。他曾经认为那些已被彻底征服的敌人不会东山再起，他曾经以为自己的王位会子子孙孙传承下去。即便亨利四世政权在握，即便亨利五世骁勇善战，即便亨利家族的对手被认为已经无人可以对王权产生威胁，但就如同卡佐邦所说："那些看似坚不可摧的城堡，却可以在一天、一小时、一刻钟之内土崩瓦解。"

现在我们再来讨论一下亨利六世。他置身于一场批判他祖父犯过的严重错误的浪潮中，这与之前爱德华犯下的罪行报应在他的孙子理查德身上的情况如出一辙。尽管亨利六世被普遍推崇为最温柔、单纯的王子，但他还是拒绝了阿马尼亚克的女儿，即纳瓦拉家族、法国最有权势的王子的女儿，即便两人之前有过婚约。如果亨利六世同意这场婚姻，那么他就可以得到法国王位的继承权。但他却偏偏与安茹的女儿订婚并结婚，因此他失去了在法国所拥有的一切。之后他在叔叔格洛斯特——那个作为兰开斯特家族中支柱式人物的死中扮演了一个推波助澜的角色，使得他和他的王国蒙受了自日耳曼民族征服以来最大的损失和耻辱。说真的，这就像法国亨利三世所言："他是一个善良、纯洁的王子，但是他生错了年代，他所统治的时期是不幸的。"

在这场杀死格洛斯特公爵的阴谋中，白金汉和萨福克所扮演的角色是执行者与策划者。他们之所以这么做，完全是因为格洛斯特公爵损害了他们的尊严和权利，他们认为如果没有公爵，他们将会享有一人（王后）之下、万人之上的绝对权力，而王后则是因为公爵曾反对她与亨利六世的婚姻，对此一直怀恨在心，她常向人提及："他们之所以拒绝我，完全是对我的美貌的蔑视。"凡是有什么样的因，就会有什么样的果。在成功除掉格洛斯特后，约克的权势扩张了许多，最后他竟通过争夺和武力，妄图获得更多的权利。在与约克这场争斗中，萨福克和白金汉党羽的势力被瓦解，尽管他们的追随者众多，但也无济于事。因为约克违背了上帝的意愿，因此上帝很高兴看到约克倒台。但那之后，他的儿子马奇伯爵沿着他父亲所铺设的路，夺走了亨利与他的儿子爱德华的性命与王位。我们再来看看，那位精明的王后又落得个什么下场呢？她在诸多的杀戮中存活下来了，她亲眼看到了自己的心腹被杀，也目睹了自己的丈夫及儿子爱德华王子惨死，与此同时，对手还活生生地夺走了王冠。她眼睁睁地看着自己的土地和财产都被夺走，以至于最后，她的父亲要凭借着法国普罗旺斯的伯爵桂冠及领地换取为她赎身的五万法郎，她终究难逃一贫如洗的命运。这就是"机关算尽太聪明，反算了卿卿性命"的下场，在此，《便西拉智训》中有言："好"的因，也会有"罪"的果，自从有了这个世界，结局便早已被注定了。

爱德华四世经历了许多困难，最后终于成功了。兰开斯特王朝的所有党羽都被铲除，只有那位收买了布列塔尼公爵的里士满伯爵幸免于难。经过几代更迭，爱德华如今的王位已不再那么坚不可摧，因为没有任何方法能确保万无一失。爱德华国王曾目睹了格洛斯特理查、多西特、黑斯廷斯等人的杀戮行为。对于这些悲剧的角色，没有一个人能逃过处罚。而爱德华以莫须有的罪名处死了自己的兄弟克拉伦斯，甚至授意格洛斯特理查杀死了前任国王亨利六世。可后来，这个被爱德华视为"左膀右臂"的格洛斯特理查却以爱德华对付敌人的方式杀死了自己主人的儿子及王位继承人——爱德华和理查德。那些视他人生命为草芥的国王，也终将被他们的敌人以相同方式的对待。

理查德三世是继爱德华四世之后的新任英国国王，他的手段比前几任国王更加毒辣，所以他的悲剧是必然的。在他的人生悲剧中，很多不幸是由他亲手酿成的。因为他的罪孽中，有很多是自己人对自己人下狠手。由于黑斯廷斯公爵和白金汉公爵是女王的敌人，所以他挑拨他们的关系，又让他们臣服于自己，以至于爱德华五世的舅舅，以及他同父异母的兄弟里弗斯和格雷第一次与他产生不和。

后来，他又将里弗斯和格雷囚禁，为了避免节外生枝，最后竟处死了里弗斯和格雷。现在理查德要按照魔鬼的原则来发号施令了：打倒那些让你悲伤难过的人，之后再将他们彻底毁灭。他将魔鬼的这个原则发挥到了极致，直到最后杀死了年幼的国王爱德华五世和他的弟弟。他的所作所为让白金汉公爵相信，爱德华国王及其兄弟一旦长大成人，就会利用手中的权力为他的舅舅和兄弟——里弗斯和格雷报仇。

可是黑斯廷斯公爵并不这么认为，他对主人的儿子表现出的忠诚是毋庸置疑的。然而魔鬼从不会因为事情办不到而放弃，恶魔驱使理查德三世去考验黑斯廷斯，理查德也确实这样做了。他指派盖茨比去试探黑斯廷斯，发现黑斯廷斯并不忠心于他，于是想要趁机将其除掉。结果，他没有用他的剑杀死黑斯廷斯，而是叫来了刽子手。他在用餐前让刽子手斩下了黑斯廷斯的头颅，但他所做的这一切完全没有影响到他的好胃口。黑斯廷斯的下场是我们所能预料到的，这最能体现上帝公正的例子。因为之前由于黑斯廷斯的提议，里弗斯和格雷等人在庞弗雷特被处决；巧合的是，在同一个地点，黑斯廷斯也被以同样不合法的方式在伦敦塔砍了头。而白金汉就活得稍长了一些。巧舌如簧的他终于让伦敦的百姓推选查理为王。成为国王之后的查理，自然没有怠慢白金汉。后者获得了赫勒福德伯爵的领地。即便白金汉成为查理的亲家公，但他仍旧难逃被出卖的厄运，最终在索尔兹伯里被砍头。至于查理，岂能被原谅？最终，迎接查理的命运便是"众叛亲离"。

正义之手终于赋予了亨利七世，他亲自斩了理查德。亨利七世是位聪明的王子，就像英格兰其他的王子一样。在成为国王之前，他以一己之力击败了强大的对手。成为国王之后，他没有被胜利冲昏头脑，总是做些力所能及之事。他曾仔细研究过路易十一的治国方略，并加以仿效。他没有走上路易十一的老路，用杀戮的形式铲平自己前行的阻力，反而以怀柔的政策一视同仁。甚至对于奴仆的奖赏也是前无古人，他知道，不管怎么做，得到拥戴和感激才是人心所向，他明白"水能载舟，亦能覆舟"的道理。在统治初期，他一直以一个"伟大的、英明的"君主来要求自己。但历史又是出奇地相似，对于曾经助其一臂之力的斯坦利，也难逃被扼杀的命运，他可是为亨利七世登基立下了汗马功劳的。他还亲自害死了克拉伦斯公爵的儿子、沃里克伯爵。他行将就错，重蹈祖先覆辙。正所谓，富不过三代。到了他的孙辈之时，江山便改名换姓了。

亨利八世，这个从头到脚贴满了残酷无情标签的国王，岂能被历史遗忘？就算世上所有暴君的恶名都不再了，亨利八世仍是"首屈一指"的。我们数不清他在海外发动了多少场毫无意义的战争，使得多少孩子和妇女孤苦无依，尽管他也为此流下了"鳄鱼之泪"，但这与战争带给无辜者的痛苦根本无法相比。我们看到很多被他捧起的人又很快被他毁灭，谁也不清楚他们究竟做错了什么。我们不知道他有过多少个过河拆桥的故事，经历了多少次背信弃义的事情；也不知道他抢过多少人的妻子，又在变心后将她们抛弃；更不知道他处决过多少贵族，包括那些年纪小得连断头台都爬不上去的孩子。甚至在他入土前，即将忏悔的时候，他囚禁了诺福克公爵，并处决了公爵的儿子萨里伯爵。诺福克公爵功勋赫赫，连国王都不知道该如何奖赏他的功绩。在关乎荣誉和国家的事上，诺福克公爵从不大意，而且骁勇善战、足智多谋。他的儿子萨里伯爵也从没做过让国王感到丝毫不悦的事，他既勇敢又博学，人们对他寄予厚望。他对自己的侄子詹姆斯一世发动了极为残忍的战争。为了斩断那些与自己同根同源的分支，他自己设定了多少法令与遗嘱？在他做了无数件违背基督教之事后，在他亲手断送了无数生命之后，恶果终降于他最心爱的王子身上。这也应验了撒母耳对亚玛力国王亚甲①的劝告：当我们用手中的剑夺取他人之子性命时，我们的母亲也将饱受丧子之痛。

亨利国王害死的那些人的鲜血已将苏格兰寒冷的空气冻成冰，但仁慈的上帝用温暖的阳光驱散了它们，而后在那片土地上诞生了之后的国王爱德华六世。对于这位国王，我只想说："如果这世上所有的怨恨都放到那一个人的眼中，那么这个人在国王那里，永远也见不到曾经的那些君王身上的污点——那些玷污了他们良心的污点；在他那象征着公正的剑上也看不到任何一滴无辜之人的血，而他之前的几任国王几乎都用这剑玷污了自己的双手和名誉。"对于这位国王，我们必须承认，自从他接手了这把公正之剑，他从未试图报复过那些想要夺走它的人；简·格雷作为爱德华六世的敌人，曾在很长一段时间佩戴这把宝剑，像其他女王一样拥有无尽的荣耀，但爱德华六世拒绝了她提供的帮助。他取得王位不是靠武力强取，也不是靠牺牲他人的鲜血，而是他本该享有的权利。当他通过那扇被称为国王的门后，迎接他的将是拥护和顺从。但有太多的人窥视他的王位，在那位著名的女王漫长的执政岁月里，并没有宣布他为王位继承人，但即便如此，他也不愿去争夺王位。

我们不应该忘记北部与南部的合并。南方的英格兰打败了北方的苏格兰，使得大不列颠王国获得统一。虽然它们在地理上中间相隔的不过是山川和河流，但长期的战争割据使得南北的感情永久地被分隔开了。这不是上天赐予国家和人民的祝福，即使将所有的怨恨叠加在一起，与和平相比，那也不过是小巫见大巫罢了。几乎所

---

① 亚甲，Agag，《旧约》中人物。

有的历史学家都认为：合并红玫瑰与白玫瑰①是正确的，这么做可以创造出不列颠最美好的史诗。那么金狮与红狮之间的和平时代，将胜过历史上的任何时刻，由此英格兰会变得更加繁荣、更加强大、更有能力去恢复它曾经的辉煌。它会使王国更加不可征服，它带来的影响，这样说吧，比起原来的联盟、实践、政策、战争更具有说服力。虽然这些影响当时还未可知。但如果1588年帕尔玛公爵得到军队，并与西班牙的军队②会师，成功从南岸登陆，同时北方的国王宣布与我们对立，那么毋庸置疑，实现英国的统一将会付出更大的代价。诚然，这世上没有哪一个国家或是共同体的内部能够做到没有一个人有怨言。国王都是凡人，不是神，他们不可能无所不能，不可能了解每一个人的愿望、满足每一个人的需求，但他们考虑得更多的是别人的困难，而不是自己的财富。就像人们评价所罗门那样："上天给了所罗门宽广的胸怀。"即便有人把这"宽广的胸怀"理解成渊博的知识，他也对如此盛誉受之无愧。因为无论是神还是人，在他们看来，他都超越了之前任何一任国王。

关于国王的权威，我们可以说的还有很多，这些不是阿谀奉承，但我真正害怕的是人们将我的罪责归罪于傲慢，同时对我的著作产生怀疑，就像伊丽莎白女王曾下令将那些拙劣的画师为她画的肖像全部烧掉一样，尽管我没什么损失，但我也怕我的著作会落得如此下场。拙劣的画家只会展示事物美丽的外表，二流的作家只会描述一个人内在的美好。前者留给后世的是美丽的面庞，却扭曲记忆，后者给子孙后代展现的是一个人完美高尚的情操，但那不是一个人

---

①　红玫瑰与白玫瑰是当时两个家族的家徽，红玫瑰的标志属于兰开斯特家族，白玫瑰的标志属于约克家族。

②　1588年，西班牙远征英国的"无敌舰队"。

的真实再现。我想我说的已经足够了，不需要再赘述更多了。我想，忠实的读者只要把提到过的那些残暴的国王和王子统治下的动荡不安的时局与如今国王的宽宏大量、温和开明好好做对比，仔细去衡量，就会发现没有人比现在的国王更有资格控诉。上文我们谈到英格兰曾经的那些国王所施行的暴政所带来的严重后果，以及那个时代产生的伟大的历史人物。这里我们可以发现，无论何时何地公平公正是永存的。亨利一世和爱德华三世因为篡位和暴政，所以他们的子孙因他们的过失受到了公正的惩罚。同时路易·德博奈尔（查理大帝理查曼的儿子）也受到了应有的征罚。德博奈尔曾挖出他侄子伯纳德的眼睛，并将其害死在狱中。他对同父异母的哥哥们使用的手段稍微温柔一些，但跟害死他们已经没什么两样了。他用残忍的手段排除异己，但让他始料未及的是，他树立了新的敌人——他的儿子们。他们对他进行折磨、打击、禁锢，甚至废除了他的王位。可笑的是，他曾经为了满足儿子们的野心和他们分享自己的财产，为他们戴上王冠，给他们统治的领土。是的，他的长子（他有四个儿子洛泰尔、丕平、路易和查尔斯）洛泰尔把他从王位上赶下来，用的证据就是他对兄弟和族人曾做过的暴行。

　　他做过很多其他国王鲜少做的事——公开承认了自己的罪行。其中包括在缔约国大会上公开承认自己的过错，像皇帝狄奥多西那样，他自愿接受忏悔，并开始苦修，目的是偿还他的过错和侄子——伯纳德所做的一切。

　　虽然他的行为值得我们肯定，但是那些曾经犯下的过错所招致的灾难和无辜者的死亡，却已经覆水难收。

　　前文提到过，这位国王有四个儿子。其中，他把意大利赐予了他的长子洛泰尔。可是他的父亲查理曼却曾经将这个国家交给伯纳德的父亲丕平，所以伯纳德是查理曼指定的意大利王位继承人。他赐予了次子丕平阿基坦王国，最后将巴伐利亚赐予了三儿子路易。他的第二任皇后朱迪思所生的儿子查尔斯留在了法兰西。这位妻子说服德博奈尔驱逐丕平，为的是扩大查理的领土。当丕平死后，德博奈尔剥夺了自己的孙子丕平对阿基坦的所有权力，并把阿基坦赐予了查尔斯。同时，路易又在巴伐利亚发动了武装叛变，这使得德博奈尔极度悲伤，最终死去。德博奈尔去世后，巴伐利亚国王路易与查尔斯（也就是后来的秃头的查理）以及他们在阿基坦的侄子丕平结成了同盟，一同反抗他们的兄长洛泰尔。他们在欧塞尔附近展开了一场战争，这场战争后来被称为法兰西历史上最为血腥的战争：在这场战争中，双方的贵族和军队都遭受了重创。而就在这时，撒拉逊人入侵了意大利；匈奴开始进攻阿尔玛人；丹麦人进行了那场闻名世界的诺曼底登陆战役。秃头查理背信弃义地逮捕了他的侄子丕平，并将其杀死在修道院里，而秃头查理的儿子卡洛曼背叛了他，最后被父亲烧坏了眼睛。后来洛泰尔退位，他为自己曾经背叛过父亲，以及其他残酷的行径而备受良心的谴责，最终死在了修道院里。秃头查理打压洛泰尔的儿子——他的侄子们。他篡夺王位，并入侵他的身为巴伐利亚王的大哥——路易的疆土；巴伐利亚和秃头查理的军队被击败，路易最后郁郁而终，秃头查理则被一个名叫瑞德夏斯的犹太医生毒死。秃头查理的另一个儿子路易有三个儿子：幼子查理，和他同父异母的两个哥哥路易三世和卡洛曼二世。但两个哥哥离开了弟弟，长兄路易斯三世摔断了脖子，而卡洛曼二世被一头发疯的野牛杀死。巴伐利亚的路易的儿子的命运也很悲惨，他同伙伴玩耍的时候从窗子摔了出去折断了脖子。于是，胖子查理统一了曾经是德博奈尔的三个儿子在德国的领地，但他仍不满足，随后开始肆意侵略糊涂查理的领土。胖子查理的行为致使他失去了自己的贵族身份，并且被他的妻子和其他拥护者抛弃，最后作为一个精神错乱的乞丐死去了。糊涂查理由宫廷总管厄德照顾，后来厄德的弟弟罗伯特接替了厄德，成为他的监护人，最后糊涂查理被韦芒杜瓦伯爵所俘虏，就这样死在了佩伦的监狱里。糊涂查理的儿子路易斯在追赶一匹狼的时候折断了脖子，而路易斯的两个儿子一个被毒死，一个死在奥尔良的监狱里。后来，另外一个对于法国来说完全陌生的人于格·卡佩登上了王位。

德博奈尔的子孙的结局多是悲惨的，在他之后，不公平一度被穿上权力的外衣。在他的儿子和继承者们的纷纷效仿下，很多人也披上了同样的外衣。但当这一层外衣被扯掉时，每个人都鄙视他们，他们就像是赤裸裸的乞丐一般可怜。一位渊博的法国人从他们的卑鄙中看到："从丕平的儿子，查理曼真正的继承人伯纳德之死可以看出，人插手的事比上帝和公正插手后的事还多。"

弗朗索瓦一世无疑是被法国人推崇的最值得尊敬的国王之一。但他却支持普罗旺斯议会消灭新教徒米兰多尔和卡布雷尔。在这场驱除活动中，无论男女老少，都被杀害或处以火刑。虽说这位法兰西国王事后的确感到过后悔，并让他的儿子亨利将挑起这件事的凶手绳之以法，还威胁他的儿子如果忽视他的命令将会受到惩罚。但是他这一不合时宜的怜悯，并没有应验。接下来，亨利自己也在一场运动中被蒙哥马利人杀害了。他四个儿子弗朗瓦索、查理、亨利和赫尔克里斯的结局同样很悲惨，尽管他们当中有三个人成为国王，并且都与美丽且德才兼备的女子结了婚，然而他们却一个接着一个地离世了，甚至没有留下任何子嗣。这皆因他们狡猾且阴险——对虔诚的教徒发动了残忍的屠杀，他们的做法违背了宗教的信义，这使得他们在宗教冲突中惨败。此事直接导致他们的王位产生了动荡，而新教徒的数目还在增加，已经在城市之中达到前所未有的盛况。

接下来，我们先从堂·佩德罗公爵说起。可以说，西西里的所有暴君都不及他残暴，与他相比，理查德三世、莫斯科的伊凡雷帝，全都不值得一提。被他杀害的不只是和他一样出身高贵的贵族，还包括他的亲人。唐·约翰公爵甚至被他切成肉块扔到街上，目的是不让他拥有一个基督教徒的葬礼。除了这些之外，还有戈麦斯·莫瑞克斯、迭戈·佩雷斯，以及阿方索·戈麦斯这位卡斯提尔最伟大的指挥官。不仅如此，他还害死了他的堂兄阿拉贡的两个尚在襁褓中的孩子、他的亲兄弟唐·弗雷德里克、拉塞赫德的唐·约翰、阿尔比克格斯、努涅斯·德·古兹曼、科尔内科、卡夫雷拉、特诺里奥，以及他的财政大臣古铁雷及其所有亲属。他也没有宽恕他两个最小的弟弟，两个无辜而可怜的王子。他隐瞒了所有人，将他们关在监狱里，直到一个长到了 16 岁，另一个活到了 14 岁，然后就把他们杀了。他也没有放过他的母亲，更没有饶过那位来自波旁的妻子——布兰奇夫人；最后，他为了成为托莱多的大主教并得到教长的财富而将这两位杀死；巴巴里的国王穆罕默德·伊本·阿尔玛哈连以及 37 位贵族携带着大量的金钱来到他的身边，向他寻求帮助，希望能够征募士兵，结果也被他处死。是的，他在处死老国王的时候还亲自请刽子手帮忙，厄本教皇因此说他是人类的公敌。但是他的结局又怎样呢？他被驱逐出了自己的王国，后又在著名的兰开斯特公爵所领导的英勇的英国的帮助下东山再起，最后被他的弟弟阿斯特马拉刺杀，他的孩子们无依无靠，失去了所有遗产。尽管他们的父亲残暴，但孩子们却从未遇到凶险。

　　如果我们一定要找一个可以和这位国王相提并论的人，首推的一定是伯格尼的约翰公爵。他背信弃义地谋杀了奥尔良公爵，并且残忍地杀害了阿马尼亚克的统帅和法国大臣如康士坦茨、贝叶、桑利斯、桑特等地的主教，以及他们虔诚的教徒，还有几乎所有司法院、会计院、财政院和申诉院的官员共计 1600 余人。他在满怀希望地去统治和征服法兰西的时候，被人用斧子杀死，当时法国的王子也在场。由此可知，那些善于给别人带来不幸的人，最终不幸也会降临在他们头上。

现在我们来说说包括亨利七世、亨利八世、玛丽王后一直到伊丽莎白王后时期的西班牙国王的事。首先是阿拉贡的斐迪南二世，他是首位提出要壮大西班牙的人。这位国王不满足于只拥有其祖先掠夺来的阿拉贡，他合并了卡斯特尔和莱昂的国土，他的妻子伊莎贝尔在他的帮助下从自己的侄女——亨利四世的女儿那里抢夺了王位。最阴险残酷的是，在把自己的侄女从纳瓦拉瓦王国驱逐出去的时候，他甚至丝毫没有为自己做任何掩饰。他曾允诺加强宫殿的防御，如今却废弃了宫殿，使得这个王国成为虚设，甚至失去了被侵略的价值。据我所知，他还曾背叛过那不勒斯的两位国王——斐迪南三世和弗雷德里克，即使他与这二位流着同样的血液，甚至曾与他们结过盟。但他却把他们出卖给了法国人，还和法国人瓜分了他们的王国，最后又无耻地背叛了法国人。

这位精明的国王，为了成就他的儿子——西班牙王子，不惜出卖自己的宗教信仰和荣誉，让他成为世界上最伟大的君主，然而这位少年却在年少时死去了。他怀了身孕的妻子很快也因为早产而随他而去。斐迪南的大女儿嫁给一位叫唐·阿方索的葡萄牙王子，后来亲眼看着她的丈夫在自己的面前摔断了脖子，离自己而去。她也在为她的第二个丈夫生孩子时难产而亡。至此，我们明晰了约翰种族被审判的方式，这种方式也致使阿方索的父亲约翰这支血脉完全没了继承人。因为在葡萄牙，阿方索屠杀了许多人，让那里的母亲再无依靠；他还曾经杀死了他的姑姑维瑟公爵夫人贝雅特丽克斯的儿子。

斐迪南的第二个女儿嫁给了菲利普阿尔希公爵，后来精神失常，就这样疯疯癫癫、无依无靠地离世了。他的第三个女儿被许给了亨利八世，最后又被抛弃，他们育有一女①，但由于她的过错致使血流成河，同时把加莱赔给了法国，最后她在极度悲伤中死去，至此，斐迪南的一切都被其他的家族占有。

查理五世（菲利普大公的儿子）向法国、德国及其他国家发起了战争，许多基督教的信徒和著名的将领们在这场战争中白白地葬送了自己的生命。同时，这给土耳其创造了很多的可乘之机，基督教最为重要的罗得斯也被人占领。他最终被法兰西帝国、德国所驱逐，最后不得不把门兹、图勒和凡尔登这些原本属于他统治的地方拱手让给了法国。在莫里斯公爵的追捕下，他从茵斯伯格偷偷溜走，连夜翻过了阿尔卑斯山脉，才逃回自己的国家。他本有希望吞并那些地区，可即便他总是机关算尽，随后收获的也只有耻辱。他制造了包含成千上万生命的死亡，到了最后，孤苦无依的他只能在一个修道院里隐居，每年只能从他儿子菲利浦那里得到少得可怜的一万达克特②的年金。

在诡计多端的红衣主教格兰弗和其他罗马暴君的蛊惑下，他的儿子菲利普二世开始不满足于掌控霍兰德、西兰及荷兰的许多行省。他完全忘记了这些国家中那些一直为他父亲卖命的贵族们，忘记了那四千万弗罗林③银币的进贡，更忘了那两次他曾发下的誓言——去维护这些地区自古就有的权利和传统。他一开始只是利用宗教的手段对这些由 35 名伯爵直接统治的地区进行控制，并且抑制他们的发展；后来又十分干脆地找了很多借口来征收重税，把这些地区彻底

---

① 英格兰女王玛丽一世，又称"血腥玛丽"。
② 当时流通于欧洲各国的货币。
③ 欧洲的一种货币。

掉空。最后，他利用自己的权利和许多强有力的手段，让自己成为一个独裁的君主，还妄图将英格兰和法国纳入自己的疆土，让它们成为自己的所有物。同时，他还喜欢将那些国家所固有的自然律法和权利，甚至古老的法则踩在脚下。他很轻易地就从教皇那里得到特赦，再利用这特赦直接无视掉自己曾许下的誓言（这个特赦成为日后战争和流血的直接原因）。在此之后，他利用各个地区贵族的支持，将他们的统治权交给了他的姐姐——奥地利的玛格丽特和红衣主教葛兰维尔；他还雇用了托莱多最冷血的西班牙人唐·费迪南·阿尔瓦雷茨，以及一支强大的军队，并利用他们杀害了葛瓦尔王子、有威望的埃格蒙特伯爵和霍恩的蒙莫朗西伯爵，赶走了蒙蒂格和贝尔格侯爵。在那六年里，一共有 18600 名绅士死在了断头台上，而这些仅仅是暴行的一部分。后来，他想利用一些诡计来达到那些不可告人的目的，于是就派了同父异母的兄弟奥地利的唐·约翰担任总督。这是一位被人们寄予厚望的亲切的王子，这一次他再一次像利用了罗马天主教会的先祖那样，毫不犹豫地对着圣经发誓，将遵守联盟条约，撤出驻扎在西班牙和其他国家的军队。为了实现这些承诺，荷兰为了偿还赔给西班牙的六十万英镑赔款倾尽所有。付出了这样的代价，结果却让他们收获了安特卫普和内穆尔的失守。西班牙人占据了这些行省的要塞。无论他打着怎样的旗号，背地里却还是和西班牙专制政府的大臣厄斯柯维多、洛德斯、巴尔勒蒙等人盘算着如何通过武力达到目的。下面让我们看看违背誓言的代价。首先，菲利浦二世本人杀死了非常多的贵族，如前文所述，六年内处决了 18600 名绅士，并在美赫伦、聚特芬、纳尔登等地区大肆屠杀；尽管他曾大言不惭地吹嘘，他的统治将带给霍兰德人最好的生活，但当他离开时拥有的只有这个国家对他的诅咒和厌恶，因为在他离开时，这个国家的状态比他来之前还要糟糕十倍不止。其次，唐·约翰一直幻想着自己能够克服所有的困难——尽管他完全没有能力去管理自己的领土，后来他不幸英年早逝。随后，厄斯柯维多——菲利浦二世的机智的大臣，幻想能为他的君主统治英格兰和荷兰。一次，他被派去西班牙执行公务，结果在刚刚抵达还未见到国王时就被安东尼·佩雷斯派来的几个恶棍杀死。最后，我们回想一下，作为西班牙的国王，他拥有怎么样的政绩，但结果是，他并没有做过什么能给人留下深刻印象的事。因为他失去了自己的领地，并且造成了成千上万的财产损失，以及超过 40 万的基督教徒的死亡。论风景，无地可与之媲美；论收入，它抵得上西印度群岛。但他失去了这个曾忠于他的国家，并对这个国家发起了长达 40 年的战争，而如今当他离开后，这个地区比他统治的时候更为繁荣、富庶。

哦，先前我们所提到的国王，无论是本国的，还是其他国家的，他们要经历怎样的阴谋、伪证、背叛、压迫、监禁、折磨、中毒，还要背弃多少誓言，玩弄多少阴谋，才使得他们，甚至是他们的家人和大臣们遭受如此恶报。他们机关算尽，到了最后却是多行不义而自毙。他们或许从未料到自己会落得如此下场，如果没有公正，那么他们那些所谓的政敌将永远都不会成功。

我写下这些究竟是为了什么呢？如果这个世界还是如以前那般，孩子们重复着父母所做过的事，那又为什么要让活着的人看到那些已逝之人的成败？如今，人们可以利用这世上所有的智慧。我们为了能够把握住这个时代，而让我们所做的一切都变得合情合理，我们总是希望可以永远这样下去，至少那样之后就没有什么好希冀的了。我们总是想要忘记那些曾经经历或与自己相关的事，于是总是装出一副什么都不知道的样子。所以我们既无法回望过去，也无法看见未来。确实，身体是生命的主宰，它将我们与这现实联系在一起，我们是这世界上的元素所构成的，这让我们得以存活在这尘世，但又变得那样遥不可及。我们能感受到物质的存在，但要经过启迪才能感受到上天的奥秘。所以我们的思想是世俗的，这并不稀奇，它本该如此。凡人不能洗去自身思想上来自世俗的尘埃，即便是他们制定的那些教条的法规也不行，毕竟那只有神明才能做到。先知以赛亚很久以前就曾这样问道："啊，谁能相信我们的话？"毫无疑问，现在就像当初以赛亚的哭诉的那样，随着一天天的流逝，人们愈加不相信神的存在。是啊，所有人都可以把信仰和其中的真理挂在嘴边，但又有多少人能理解其中的深意？大家不过是在一起伪装罢了。最令人惊诧也最令人悲哀的，莫过于那些勾心斗角、无休止的争吵、私人的仇恨，以及基督徒之间为了信仰展开的战争、杀戮。这些真实的存在充斥着这个世界，它们多得都快把人挤出这个世界了。所有人都坚信着，如果只是把他从信仰中剥离，而不是从生活中剥离，那人的欲望就剩下对天堂的渴望了。人们会相信这世界无非是通往天堂的驿站，在这里稍事休息后，人们自然会前往天国的居所。可信仰恰恰相反，它仅停留在言论的表象上，而灵魂则被虚伪所替代。几乎所有人都在为自己的信仰作伪装，用那些所作所为让人们看上去具有神圣的美德，却在生命中抛弃了自己的本性和本该拥有的形象。博爱、公正、真理，这些哲学家所谓的"第一要素"，只存在于语言中。

所罗门也有对智慧的定义。在这世界上我们给了它最高的评价。但智慧不能用价值衡量，因为它主要是被人用来敛财，或获得他人尊重的。我的这些话肯定会受到别人的抨击。但无论我们拥有多么多的智慧，都不会比那人拥有得更多，这个人就是所罗门——人类中最智慧、最精明能干的人——告诉我们智慧的用途："随着货物的增多，窥视它的人也会越来越多，但这一切对货物的主人有什么益处呢？难道就只有眼睁睁地看着吗？那些想把剩余的东西吞掉的人，会在之后的好日子里一直跟随着我们，却在暴风雨来临的时候将我们抛弃，留我们独自面对风浪中的不幸。"这样的例子太多太多，但我特别要提的是丹娜曾讲过的一个故事："查理五世兵败撤出他的领地，并在返回西班牙的最后一段路上。一次，他和他哥哥斐迪南派来的节度使赛奥迪厄议事到深夜。当赛奥迪厄要离开的时候，查理五世叫他的仆从，却没人回答，因为那些人都已经睡觉了。尽管赛奥迪厄不断婉拒，但查理五世还是亲自拿着蜡烛为赛奥迪厄带路，把他送到楼下。当他走到楼梯口的时候这样对赛奥迪厄说：'赛奥迪厄，等我死了，你要记住查理皇帝曾为你做过的这件事。你曾看到他四面环敌，也曾看到他被人抛弃孤身一人，看！如今连他的仆人都抛弃了他，我知道命运是上天的旨意，我也不会与之抗争。'"你也许会说还有别的事比刚才的故事更吸引人，但它首先表达的是对伟大的人的敬意，其次是各种各样的人对他们的认同。真正的尊敬不是表面上对他们权利和地位的崇拜，而是发自内心的虔诚的热爱，否则赞许将是一句空话。但倘若不知真正的原因，又有谁愿意说这些话呢？很少有人能够分清美德和幸运，虚伪的人也可能得到人们的称赞，高尚的人也曾被人鄙视，人和幸运的关系就如同马和人，人可以驾驭马，而幸运控制着人；人可以不倚仗马，靠双脚行走，幸运也可以离人而去；一个恶毒的马夫可以随便鞭挞他的马，同样，幸运也可以将人一脚踢开。

　　其次就是我们的后代，我们都思考过我们能否留给他们荣耀。有些人认为，如果在死之前可以带给子孙以荣耀，那么在他们灵魂离开时，就能从中得到一丝慰藉。拉克顿斯特认为哲学家们很适合这些"聪明反被聪明误"。当我们永恒的灵魂和我们已经腐朽的肉体分离时，就像是变作了宫殿中的一块墙砖，一切都将听从上天的安排。他们不会为子孙们的成功感到高兴，同样也不会为子孙们的贫穷感到悲戚。"这些死了的人，虽然应该得到尊重，却对生者一无所知，即使是他们的孩子，逝去的灵魂是不会知晓身后事的。"我们也许可以怀疑圣奥古斯丁，却不能怀疑约伯，因为他曾告诉我们这样一句话："我不知道自己的后代究竟是会受人尊敬，还是会身份低下。"《传道书》中这样写道："当人们在黑暗中行走时，他们会焦虑不安；他们积累财富却不知如何享用。"他说："生者知道他们会死，而死者却什么都不知道，因为没有人能在死后在人前现身。"因此约伯把这看成事物的虚无之一：打算去辛勤地劳动并且活在这世上的人，却不知自己死后，那些劳动成果是被聪明人还是傻瓜享有。他说："这些甚至都让我憎恨自己的劳动成果。"连他们都这样说，那其他身后的好坏都已被决定的人，那么他们又在希冀些什么呢？人的知识仅限于希望的存在，先知以赛亚在聆听了灵魂的忏悔后说："亚伯拉罕不知道我们，雅各也不认识我们。"从中我们可以确定的是，这黑暗的死亡之夜会将我们淹没，直至这世界不复存在。然后，我们将重新获得一个永远不会堕落的身躯。它会拥有天使般圣洁的感情，并且能使我们的灵魂得到他人最为热烈的崇拜与敬意。自此以后，他们将不会再受到任何低级快乐的烦扰，过去的那些对于他人的属于世俗的情感将不复存在。可没有人能够告诉我——哪怕是圣人也一样，等到那时我们是否还能记起这些人？如果一个神圣的生命保留了生前作为人的记忆，那我们是否能把前世的幸福和天堂的快乐区分开？如果不去管他们原本应有的境遇是否比这世界给予他们的更好，我们都会去憎恨他们这种体谅。无论那些过去带给我们怎么样的宽慰，我们都能从生者被给予的仁慈中得到同样的宽慰。我们所能给予后代的荣耀象征着我们自身的德行，它可以帮助我们的子孙更好地了解此时的我们。所以如果财富是取之有道的，或者说不是建立在牺牲别人利益的基础上的，那么去谴责那些看重财富和荣耀的人就是愚蠢的行为。柏拉图认为，一个人最为重要的是拥有强健的体魄，其次才是那些展现于形式上的美，到了最后则是"通过正当手段得来的财富"。耶利米也曾这样呼吁道："诅咒那些通过阴险的手段谋取财富的人。"以赛亚也说过类似的话："诅咒那些损人利己之人。"所罗门要求我们："不要试着使用暴力，不要让无辜的人流血，不要垂涎于别人的财富，或是想要把它们据为己有，因为这是贪婪的人才会做的事。"

如果我们想要为自己负责，就应该多花点时间去思考：他是世界上最富有的人，但他在这世间却也一无所有；他是这世上活得最久的人，但他在这世间却没有牵挂。无论是我们没有参与的过去还是遥远的未来，都是如此。为了赢得这世界上极为崇高的地位，以上二者形同虚设。这也就不难理解为何我们如此推崇有限的财富，而往往忽略那无尽的岁月。窥视了世俗的东西，就好像我们的灵魂是永垂不朽的；忽略那些真正不朽的东西，就好像我们尚有来世。

如果让每个人按照自己的方式来衡量智慧：让有钱的人把所有比他贫穷的人当成傻瓜，让复仇者以为没有打倒他的敌人都是失败者，让政客认为不出卖信仰的人都是愚蠢的，但当在我们的生命将要终结时，我们命运的锚终究会沉向岸边，从此以后我们再也不能把它拿在手中掂量，我们那名为生命的旅程也就此结束，到那时，我们是否应该重新开始思考，试着去补救那一生中不曾做过的事。也就是在那时，我们才会祈求上天的怜悯；在那时，我们才不再互相伤害；也只有那时，我们的灵魂才会被深深地震撼，因为我们终于明白了那句话："上天是永远不会被欺骗的。"那些肆意妄为、放纵欲望的人在过完一生后又该如何处置呢？假如圣训仅仅是个玩笑，那么当死亡临近时，我们是否只要祈求上天的怜悯就够了？一位令人尊敬的神父这样说："哦，有多少人就是怀着这样的希望才陷入了无尽的苦痛之中。"我得承认，如果有人说我们总是会拥有一个美好的结局，这对于我和我的朋友们来说必定是最好的安慰，因为我们所有人都渴望善终，但若有人认为只要在临死之前从容地请求上天宽恕就够了，这又是不是对上天的轻视、对抗和嘲弄呢？当然，如果那些自以为聪明的人会自己去创造一个虚假的上天了。其中最好的例子就是路易十一，他曾经将一个铅块放在帽子里，每当自己做了什么让自己害怕、讨厌的事或是杀了什么人的时候，他就会把那块铅取出来并亲吻它，恳请它原谅自己的罪孽，并保证这是最后一次，结果却只是一次又一次地重复这毫无意义的举动。他假借红衣主教的名义伪造了一场仪式，并杀死了阿玛尼亚克伯爵。我得说，你的确是可以嘲弄一个铅制的偶像，却不能这样对待永恒而尊敬的上帝。具有这一特点的都是深深地沉沦于尘世的诱惑的人，他们惧怕那些他们认为美好的事物会转瞬即逝，惧怕敌人的阴谋诡计，惧怕流言蜚语，惧怕人们对他们品头论足；不论是成功者还是失败者，他们都会奉承，不论那些人是他们的朋友还是高高在上的国王；他们就像是聒噪愚蠢的鸭子一样，只要看见有人将石子扔进水里，就会把头插进水中。但是，当面对严肃的审判时，他们总能显现出几分顽固却毫无意义的勇气；在公正面前，他们表现得像高贵的神明一样，却在身体腐朽而堕落的凡人面前表现得如奴仆一般。

接下来，我们可以试着去审视以下二者的不同：我们总是会将那些富有而有权势的人称为幸运之人，而那些贫穷并被压迫的人却总被我们定义为"不幸"。到了最后我们会发现，无论是幸运的人还是不幸的人，总的来说，他们也许能在短时间内得到许多，却也可能在一夜之间一无所有。没有什么是能够被完全肯定的，也没有什么是能够被完全否决的。没有人能保证自己的荣耀永垂不朽，没有人能保证健康、生命以及他们所有的财富都将永远属于他们——而不是下一秒会被他人剥夺。"谁也不能确定那浓重的黑夜将会带给我们什么。"圣·雅各说，"人们也不可能提前知道明天的自己会是怎么样。可能今天还受人敬仰、高高在上，而明天就消失得无影无踪，因为彼时的他已化作尘埃，眠于地下。"不幸的烟雾或许会让我们的视线变得模糊不清。对那些只会嘲笑别人霉运的人来说，别人的不幸是可笑的；而对那些十字架下的人来说，所有的不幸都是令人悲伤的。但可以肯定的是，迄今为止，这二者的份额都是旗鼓相当的。如果我们活了许多年，并且它们就像所罗门说的那样充满了喜悦；或是我们同样活了那么多年，却每一天都活在哀伤之中，那么我们不妨回头看一看，这时我们就会发现，这些年无论我们过得快乐还是悲伤，过去的岁月都会慢慢地从我们的视线中淡去，最后以永恒的死亡收尾。"无论我们年方几何，我们都被握在死神手中。"所以无论是谁，如若幸运是他的奴仆，而时间是他的挚友，让他回忆一下，认真想一想青春的魅力和过往的欣喜都在记忆中留下了怎么样的回忆；而那些曾经刻骨铭心的感情又留下了怎么样的踪迹；那些多情的春季，如今又剩下些什么。他会发现，那过去若干年的时光就如同从混合液体中分离出的沉淀，剩下的只有悲伤的叹息；他会发现，除了忧伤之外，其实什么也没被剩下，而这忧伤正是萌发于我们的青年时代。最初时我们朝气蓬勃，将它远远地甩在身后；但当青春停止了脚步，忧伤却赶上了它；当青春开始凋零，忧伤就彻底占了上风。如今回首从前，让现在的自己看清过去的自己。一个穷困潦倒、疾病缠身、失去自由的人，对自己伤感的记忆不会有太大的感觉，就像那些一直被认为是幸运儿的人，对自己过去的幸福和快乐也没有感觉一样，过去的已经过去了，而未来则是虚无缥缈的。"没有发生的事都是无可预知的。"只有极少的人是例外，他们从容地给这虚幻的世间一个公正的评价，带着对过去的回忆，无畏地面对死亡。他们无惧坟墓，并且总是能热烈地拥抱死亡，就如同那是引领他们走向无限荣光的向导——不过这样的人像黑天鹅一样稀少。

对我自己来说，以下是我所能提供给人们的自我安慰，即这种生活的不幸无非分为两类：与自然有关的痛苦和与世俗有关的痛苦。第一种痛苦的人，会向上天忏悔自己的不足，并且表达对上天无尽的尊敬，他们真心相信，"哦，我的主，您无处不在。"而第二种痛苦的人，总是抱怨着上天，就像上天对他们做了什么不该做的事情一样，因为有些事往往是没有给他们任何世俗的好处和荣誉，或满足他们的欲望的，要不就是把他们曾经拥有过的东西拿走了。对于第一种人，上天许诺的是祝福；对于第二种人，上天许诺的则是死亡。如果一个人不能明白他的境遇原本应是如何的窘迫，不能明白他现在所遭遇的不幸比他应得的不幸要少很多，那这个人不是蠢就是忘恩负义——或者两者兼有。如果一个人没有信仰，却能把这世界的苦难称为"生活的礼物"，那么一个聪明的基督徒就应该把那些苦难理解为"冒犯了上帝的代价"并去忍受。他应该坚强地承受这一切，就像那些"即使痛苦呻吟，也要跟随指挥官"的士兵。

作为我们悲剧的始作俑者，他为我们描绘了一场悲剧，并且指出了我们所应该扮演的角色。在角色分配时，没有偏袒任何人，即便那个人位高权重。在给予了一个人最伟大的国王的角色，同时又让他扮演最可怜的乞丐——一个需要向敌人乞求一杯水，否则就会被渴死的乞丐。让巴耶赛特扮演土耳其的国王，但同时也让他扮演帖木儿的垫脚石；分配给贝利萨最成功的将领的角色，最后也要他扮演一个失明的乞丐，这样的例子不胜枚举。如果那些拥有无上权力的人也是如此，那其他普通的人又有什么可以抱怨的呢？诚然，有这样一句话可以准确地描述这荒谬的世界，那就是这世界是个舞台，每个人命运的变换就如同换衣服一样正常，每个表演者都披着自己应有的那副皮囊。而现在，如果有人出于软弱而对这世上的旅程有了不一样的看法（因为彼特拉克曾说，只有极具天赋的人才能将天赋从理智中召回），他凭借着头脑中奇怪的念头，忽略了除肉体外所承受的痛苦，并且将不幸和苦难在此发挥到了极致。在这出戏的尾声，一切权力、财富或是其他可被剥夺的东西，都会被死神拿走。就如同一艘遭遇了海难的船，船上的货物都会沉没在海底深处，除了悲伤，我们别无他法。而去救这么一艘船是多么愚蠢且疯狂的行为，就如塞涅卡所说"在财富脚下跌倒是最悲惨的命运"。

现在是时候停止这一切，也是时候该从这漫长的你追我赶中解脱出来了。这也促使着我用更容易让人接受的方式，将这漫长的时间编纂成历史，以文字的形式描绘出来。

一些例子随处可见，正是这些例子说服我在万物中寻找自身的起源，运用自己的才智去创造。我认为创造世界是最为光辉的事迹。伊壁鸠鲁的信徒否认创世纪和天意的存在，但相信这世界有自己的起源；亚里士多德学派的人则承认天意，但否认创世纪和世界的开始。

这一关于信仰的学说从时间上涉及创世纪，虽然亚里士多德的学说说明了腐朽的基础无法承载这一关于信仰的学说（尽管他对学说的辩护都建立在这一基础上），但那种无穷的力量去创造世界的始终，这是无法用自然的方法解答的。这是理性也不能否认的事实，但这些都没能让他更开窍一点，这着实让人感到有些惊讶。可更能让你感觉奇怪的是，那些渴求知识的人虽然拥有头脑，却永远无法——也没有想过试着去追上真理的脚步，而是选择绝对服从于那些哲学的原则，或是其他违背真理的教条。究其根本原因，这些人不是喜欢空想，而是好奇心过剩。但无论如何，那些不相信上天的哲学家们都宣称他们的观点是毋庸置疑的，难道仅仅是因为他们如此宣称吗？还是正如他们所说，是真理使他们变成了这个样子？当然不是。正如以下这点：事实胜于雄辩。如果对一理论无法产生怀疑，那就更别提推翻它了。同样，在每一次的质疑和审视中，我们都可以构建人类知识网络的基本法则。莎朗在他的书中说过："如果不是因为理性的存在，那么每个人的观点都有着同样的权威性。"但是如果不让他们的对立面为自己辩护，或不经过任何审讯评判是非，一个人又怎么能得出公正的判断呢？拉克坦细说得好："不经过任何判断就接受别人的思想，那么这些人就失去了自己的智慧，每一天都像是畜生一样被人牵着鼻子走。"现在，正是出于同样的原因，懒惰、迟钝和无知像个暴君，给那些物理学、哲学和神学的真理带上枷锁，任人侮辱。无知者把第一次的"谁违反了规矩就反对谁"里的"规矩"改写成"具体的道德规范或权利"，并再次改写成"罗马教会"。

于我个人而言，我将永远不会相信神仅将知识给了亚里士多德；也不会相信上天曾对他说（如同《以斯拉》中所说的）"我在你心中点亮了一盏领悟的灯"；不会相信只有异教徒拥有关于上天的思想，他们狂妄地宣称只要追溯本源，就能找到其中的真理和力量；不相信他倾其所有却不会带来任何有价值的东西。时间让我们懂得了，无论是因还是果，都是他们一手造就的；亲身经历也让我明白了同样的道理。无论哲学家还是家庭主妇，都知道如何将牛奶凝结成乳块。但是如果问我为什么会这样，为什么会发生酸性反应，它是如何发生的，我想在哲学的世界里，我们是找不到答案的。诸如此类的问题，哲学都无法给出正确的解释。

但是人类却想要掩盖自己对于小事的无知，他们不知道也无法给出适当的理由，他们不能告诉我们为何脚下的土地是绿色而不是红色、黄色或是其他别的颜色。虽然人比自然中的其他事物都要高贵，但他们永远也不曾发现自然的奥秘；虽然人比天上的神更高贵，但所罗门说"人类看不清这世上的事物，就连在眼皮底下的东西也不能好好地看个一清二楚"；他们的头脑只是一味地总结并检验前人留下的旧的东西，却不会独立思考并创造新的事物；他们总是看不清自己灵魂的本质，哪怕是最博学的人也无法给出一个明确的答案；他虽然能通过因果关系告诉我们它所带来的影响，却说不清楚那到底是因为什么，他自己不知道，别人也不知道。人在生存的每一个阶段的所作所为都会被认为是愚蠢的，这时人也会研究世界是如何被创造的。亚里士多德后来提出的使他成为一代宗师的学说，他的主张被他的追随者们深信不疑，"发誓坚定不移地捍卫其追随的哲学家的主张"。赫莱斯及与他同时代或稍早的哲学家都认为应当找到一个能够准确解释这一切的理由，即找一个"永恒存在的人类"成为这宇宙的父、宇宙的母。类似的哲学家还有摩西、琐罗亚斯德、穆赛奥斯、俄耳甫斯、莱纳斯、阿拉克西米尼、阿那克萨哥拉、墨利索斯、费雷西底、泰利斯、克里安西斯、毕达哥拉斯、柏拉图等（斯德琪尔·厄古宾纳详细地收纳了他们的观点）。拉克坦细说："虽然这些人的观点都是不确定的，但至少都说明了一点，那就是他们都相信'天意的存在'，这个天意可能指的是自然、光、理性、知识、命运或是神的命令，但无论是哪一种，他都是我们的上帝。"就像这世上深浅不一的河流，它们向着不同的方向流淌，有时流淌在地下；有时汇于江河，但最终都会融入大海。人也一样，在力量用尽后，人类的所有理性终将融汇在一起。

　　至于其他哲学家，他们认为这世界是永恒的，上帝并不是虚幻的，而是一种从"先于存在的物质中"创造了世界的存在。但这一猜想缺乏明确证据，无法使多数人信服。正如优西比乌所言，根据我的理解，他们普遍认为世界被创造出来，不仅仅归功于上帝，还有一部分归功于机遇，如果上帝没有在偶然间发现空气中的尘埃，他就不会成为这世界的缔造者，或是宇宙的主宰。如果这种物质在宇宙未形成之前是永恒的存在，那么人们就会认为，物质改变了自己去适应上帝，或者上帝去调整自己来适应这个世界。第一种情况不可能发生，因为没有知觉的事物是没有办法根据他人的需求来改变自身的；第二种情况，上帝身为造物者却要根据选材来改变自己，这种想法是多么令人恐惧？

另外，当谈到物种起源的问题，这是最愚昧的。如果它可以随时产生自我，那么总有一个时候它产生不了自我，因为它不可能同时存在和不存在。因此我们可以很好地解释这个问题："没有任何物质可以先于自身存在，物质是不能自我生成的。"

有些人认为物质是永恒的且不可分割的。如果这世界上只存在永恒却没有无限呢？如果只有第一物质是有限的，而形式是无限的呢？其结果必将是，那些相信永恒的非生命物质而不是永恒的光或生命的人——无论他是谁，只有永恒的破灭与死亡才能够作为他的归宿。那些还没有被狂妄自大吞噬的人有什么理由质疑这些无限的力量呢？人本身需要的东西既可以具有物质形式，也可能如沙漠中的沙砾那样有许多形式。假若力量没有限制，那么作品的唯一限制就只是创造者的意识。毕竟理性本身就拥有无限力量，并且不需要任何现成的东西相助。就好比一个人、一个傻瓜，或是一粒尘埃妄图去改变物质形态，这样也许更容易形成一个有限的世界。

现在我们来介绍一下那些源自于"没有事物被制造"的地方的人所得出的世界永恒论。在没有野蛮的地方，所有的事物都被提出了一个永恒的问题，如果上面所用的语气是肯定的，那么它将代表一种真理。用自然和自然有限的能量作为媒介，没有东西会被我们创造出来。

有些观点是否认这个世界有开端的，同时也否认这个世界有终端，他们否认天空会因时间而衰败或产生变化。他们认为，如果天空会衰败，那么就会在漫长的时间中有迹象。对此我只能说，看不出变化是因为时间还不够久，却不能说它是永恒存在的。对于那些臆想的结论，我们可以用臆想的方式找到结论，证明它不是永恒的。不论是亚里士多德、普林尼、斯特雷波，还是比德、阿奎那，他们都犯了一个错误。过去的人无法在阳光直射下生存，也无法在阳光直射下航海，但如今这些都可以做到了。另外，我也读过很多关于大洪水的历史，知道在法厄时期，太阳曾炙烤着大地。

如果身体是最初、最基本的形态，并在逐渐地复合，且在长时间里没有被入侵和破坏，那么在宇宙中我们应该寻找怎样的伟大变更呢？我们有理由相信，太阳帮助所有生物生长。迄今为止，也有许多后来的物质在辅佐着大自然。我们既不是巨人，也不是勇士。所以基本上，所有事情都被认为是上天给予的。

我认为对于上述这个观点，并没有什么好的答案：如果世界是永恒的，那么为什么世界上不是所有的东西都能获得永恒呢？如果没有开端，没有创造者，没有智慧，每一个自然事物都会是永恒，而人作为最理性的产物，为什么其理性不能使人永恒地存在？如果万物平等，那又为什么不是所有的事物都能享受这份平等？为什么天体能永恒存在而身体却会腐朽？

另外，是谁任命地球为宇宙的中心？又是谁将其高高地挂在空中？太阳应该在热带地区之间移动，并且永远不能超越其界限，每年履行一次这样的进程。月球反射太阳的光，它就像钉子一样固定在已定的轨道上。但那是行星自己按照意愿徘徊的吗？如果没有慈善和爱，太阳又怎能在这两个圈子里永恒地移动，照耀地球，给予阳光？这一点毋庸置疑，如果太阳能够让自己永恒，那么它就会被称为永恒的慈善和爱。和其他人认为的一样，所有的星星也可能是这样的，它们中的大多数被认为是拥有美德的，故也可能被称为永恒的美德；地球可能被称为永恒的核心；月亮永恒地需要借助太阳的光。为什么是这样的？是神缔造的这一切吗？如果是这样的话，那么就有数以百万计的神啊！疯狂而愚蠢的是，我们用肉眼去辨别它，如果用理智，我们或许可以看得更清楚：太阳、月亮、星星和地球，它们都是受限制的，不是它们自己约束了自己，当然它们也没有这个能力，"每个约束和限制都是有原因的"。

现在我们再来谈谈自然。因为它没有一个固定的概念，亚里士多德学院派对其发表了很多错误的观念。所以如果最好的定义是亚里士多德对自然的第二解释或对"形而上学"的第五种解释是最好的定义，那么最好也不过是名义上的，在此学院派有更好的解释："一种由世界的灵魂注入物质世界的力量。"它将其定义依次给了"天意""命运""自然"。拉克坦细说过这样一句话："只能说他是一件事的执行者，但他没有与之相关的意志或知识。"

对于自然的原则，菲齐努斯说过："自然通过物种的多样性和物竞天择、适者生存的原则逐一淘汰。如果它不这样，那它就只能产生一种或相似的事物，而且也只能作用于当下。"如果自然有了多样性，那么它就会很乐意地去安排各种宇宙间的活动，一旦它有了责任，也会去合理地进行安排。自然有高尚的德行和丰富的知识去完善这一切，也拥有足够强大的力量去统治这一切。离开了这些，世间万物都是一样的。如果我们承认自然的这种意愿、理解、进程、因果和力量，那么"为什么不把自然称为是上帝而是自然"？在我看来，承认和崇敬是首要的也是最高的，是人具备的真理所产生的结果，"真正的哲学是从不断变化的事物到永恒事物的升华"。

对于剩下的问题而言，自然不会安排其他任何事，它只是去成全事物的内在意愿。那么，自然所做的同样拥有感情、理性和知识，被认为像做所有其他工作那样（我们称之为形式、性质或你所喜欢的任何词语）。正是因为它们的动力出自一种无法抵抗的冲动或者一种被注入一种力的特殊技能，所以我们对于才能和生物内部的作用既不怀疑也不崇拜，而是认为那是一种奇迹并对它崇敬。自然赋予生物这种性质和能力，就是在不了解自己所拥有的美德与力量的前提下，却能在最后使万物做到极度完美。因此，一个理智的人会将自己放在古人所赐予的陆地上，让所有人都真正地了解这个世界所拥有的，即一种强大且永恒的力量，它使万物按照文字简单地传递、发展下去，如同从第一枚泉眼中流出的水互相追赶，最终汇入流动的河水一样。

柏拉图将智慧定义为"有关智慧的绝对知识"，它的又一解释是"关于第一的永恒的不腐朽的事物的知识"。伊西多尔说："它不是通过暴力窃取而来的，而是用理性和榜样让人真正接受的信仰。"如果一个人在现有的道路上走不下去了并要放弃，这没什么不光彩的，因为这世上也有不是理性却超越理性的东西，但不论是什么，理性承认其存在，那么名字和特征之于知识本身也是有限的，就像一个老师，他清楚地了解自己知识上的不足。

我已经很长时间没有在文章中写下如此多的话了，特别是因为这样那样的借口。现在最严重的问题是，这本书不合适的分版，我不知道该如何去解释，就好像地基已经打好了，现在要扩充上面的体积，毕竟我已经完成了第一部分。所有人都知道，如果这些东西能够被划分均匀的话，那它将不再是伟大的艺术了。那些高素质的人去对抗所有的虚荣和世俗的愚蠢行为，前提都是拥有最强的力量，之后才能够去保卫他们自己；从自爱，到自我评价，最后给出自我意见。

关于这项工作的规则，我已经在上次的争论中得到结论。对于当通天塔倒掉之后采取第一措施的亚述人来说，他们成就了世界上第一批优秀的君王。然而他们的子孙后代们从那里所知的东西却很少，只有尼娜斯和塞米勒米斯（古代传说中的亚述女王）例外，她所拥有的名声要高于她的信仰。

这是一个关于希伯来人的故事，虽然他们没有被时间的长河湮没，留存了下来，却变得支离破碎。《圣经》里的很多故事至今已无处考证，同样，他们的国王和王子的事迹也只能用只言片语来概述，这使我深陷在维吉尔①所说的话中："在时间的巨浪中，我们只能看见零星的碎片。"

最初的那些发明被保留了下来，虽然大多数作者的名字已经尘封许久，但对于那些年代来说，时代也有着自己的法律，它们对于贵族有着不同的统治，关于战争、航海，以及各行各业也有自己的政策。说实话，因为这些，它就不能被称为一个无关痛痒的题外话。事实上，还有很多看似与主题无关的内容。如果要我究其责任，我必须把错误归咎于人的自身缺陷。我们应该去看我们生活中的方方面面，然后我们能够看到所有人的一生都是这样的——不断地去规划自己的生活和行为。所以说我缺乏主题也情有可原，并不是说我是一个史书原则的门外汉。

同样的话被很多人阐述过，但是相比于那位出色的学者，这些人都不是很优秀，而且辞藻也不是很精练，那个人就是弗兰西斯·培根爵士。基督教的条文我们也是通过那些预言家和使徒们之口被告知的，并且他们每天都对我们传教。但是我们仍然不上道，仍去

---

① 古罗马诗人，公元前 70 年－公元前 19 年。

做那些违背教义的事。而且那些传授道义的老师，他们自己都没有做好，却向其他人传授思想。

就像在这之后波斯人强行从迦勒底人手中夺取帝国，并且确立了君主立宪制——对后世产生了深远的影响。在这之后，希腊的命运也和它极为相似，即便它崛起的速度很快，并且在短时间之内超越了波斯，可最终它还是被罗马吞并。玛代人、马其顿人、西西里人、迦太基人和其他国家的人都曾经试图与罗马抗衡，却成为它扩大的范围中的一部分。我们应当记得它们是如何开始的。在这样的时期、这样的地点、这片富饶的土地上，他们建立了君主制度，他们依仗着优越的地理优势，不断扩张自己的疆土。可依旧像是小溪汇入江河，最终融入了大海。对于维吉尔来说，他将此写成了《牧歌集》。而对于我而言，我的第一卷也使用了希伯来语。我承认，当时我曾想过是否要使用其他的语言，但除了希伯来语，我实在不知道使用哪种语言更好。虽然我承认，这些词的确是有着自己的出处的，有的是来自蒙塔纳斯，有的是圣塞尼瑟斯里的拉丁词语，而其余的文字则都是我从朋友曾翻译过的作品里借鉴过来的。于我而言，这两种语言无论哪一种我都不擅长，那么在长达11年的熏陶下，我总会有一种能够运用自如的吧。无论是什么时候，总有人对我说，如果写一些当代的历史，也许更会受到读者的喜爱。但对于我个人而言，不论是谁，如果在写历史的时候过于接近真相，那么他最后也基本不会有什么好的下场。我得说，它就像是一个能给它的跟随者无尽痛苦的引领者，如果我们离它太远，我们就会迷失方向；但是如果距离太近，我们又不知道应该将这叫作克制还是品德恶劣、败坏。我所剩下的时日不多了，所以在有生之年，我已没有时间再去效仿那些拥有野心或胆小怯懦的人，去取悦世人了。我得说，以我此时的境遇，我若是只想写一些年代久远的事便已经足够了。就算是这样，也一定还会有人跳出来说，我是在借古讽今，针砭时弊。对于这些，我只能大喊自己实在是冤枉，但是除了大喊之外我又没有什么可以做的了。就像是我画了一幅古代的老虎，却偏偏有人硬说我画的是他，还大声责怪我把他画得面目全非，这责任并不在我，而是在他自身。

我能够庄严发誓，我从未对任何人怀有恶意。同时我也清楚地认识到我不可能得到所有人的喜爱，我甚至很少能看到某个人对自己完全满意，因为每个人都不是完全自由的个体，他们都受制于自身的情感以及欲望，这让他们在同一天里看上去就像不同的两个人。塞尼卡曾经说过这样的话："一个人完全可以体现出一群人的特点。"这个说法也获得伊壁鸠鲁的赞同："我这么做不是为了其他任何的某个人，而只是为了你。"或许在这里我可以借用古代哲学家的一句名言："一个就足够了，如果一个也没有，我只能说这样也是足够的。"我将这本书献给伟大的亨利王子——那个同时身为未来的王位继承人和基督世界最伟大的人之一的人。这本书的一些部分或许曾经让他感到愉悦，但同时他也原谅了这本书的很多疏漏之处。现在，我将这本书呈现给世人，让所有人都批评或是感谢它所呈现出的内容。我知道不论什么样的演说都是没有任何意义的，就像仁慈者会以最温柔的善意看这个世界，我遇到的所有苦难都让我没有力气再去反抗那些怀揣恶意的人。我已经没有什么可以失去了，因为我已经重重地跌落到了谷底，那个不容许我再退缩的状态。我不想让读者们觉得我在刻意地讨好，而努力克制自己不去说他们有多么的谦和有礼；也不去作任何承诺，不说任何的第二卷以及第三卷（即使我有这个打算）。我想，关于这些，我已经做得足够了。我总是觉得，如果我们一味地往读者身上堆积那些华丽的辞藻去赞美，这只会让我们看上去像是一个傻瓜，愚蠢透顶。最后，来谈一谈我的希望：我曾遇到过一些十分粗鲁、缺乏教养的读者，希望以后不会再遇到更多此类读者了。否则，我就不会再有更多的闲情去愚蠢地写书、出版并公之于世了。

弗朗西斯·培根①〔英〕

《伟大的复兴》导言（提纲）、献函、序言

如果人类不能深刻地认识自己，那么他们所拥有的智慧就不能帮助他们解决困难。人类自身的智慧会使其陷入困惑，紧接着在很多方面会发生许多愚昧的事情，并由此导致因无知而发生的无数灾难。解决这个问题的最好方法就是恢复人的心灵与物质本质之间的交流状态，即使不能完全恢复，有一点改善也好，因为它比地球上的一切事物都宝贵，至少在尘世中没有什么比它更弥足珍贵了。迄今为止，有些错误仍存在着，并且将来也会依然存在着，它们本应该就

---

① 弗朗西斯·培根（Francis Bacon，1561—1626年），英国文艺复兴时期的散文家、哲学家。他是实验科学的创始人，也是近代归纳法的创始人，又是科学研究程序进行逻辑组织化的先驱。主要著作有《学术的伟大复兴》《论科学的增进》《新工具》。培根希望通过《学术的伟大复兴》一书开创新的科学革命，进而使人类的思维摆脱亚里士多德哲学思想的禁锢。此著作最终未完成，但通过其导言、序言可以看出此书的宏伟所在。

是这样的。不要奢望它们能借着知性的力量或借助逻辑学工具，一个接着一个地进行自我修正。人们对事物的基本认识建立在心智的接受、储存和积累（它们是不断发展和运动着的）上，而由此得来的认识又是令人费解的、草率的，甚至是与实际相背离的。间接得来的认识具有随意性和反复无常性。由此我们可以这样说，人类探索大自然是根据人类的理性，而这种理性就像一栋没有任何基础的建筑。当人类为自我心智中所表现出来的虚假的景象所迷惑进而拍手称赞的时候，他们恰恰是对那些真正的力量视而不见或者采取了抛弃的态度。如果人的心智是归顺于自然而非主宰自然，这种力量便会唾手可得。

因此仅仅剩下一种方法——依靠合理的想法做出新的尝试，进而将自然与人文科学进行革新，使其形成一套严密的理论体系。单单从想法上来看，它可能是一项没有尽头的工作，而且仅凭人力是不可能完成的，但一旦实施起来，你就会发现这项计划是多么的伟大。同时也产生了一些问题：虽然现在所做的这些对科学理论建构有着重大的意义，但困惑一直存在，目前的科学建树总是从起点回到重点，总跳不出自己设定的怪圈。虽然他意识到在科学事业的大路上，他或许形单影只，更别提收获更多的掌声与肯定了，但他向前走的劲头非但没有消减，反而与日俱增，因为他认为，这是开启人类心智的不二之路。他认为，比照那些困在当下的科学圈圈中找不到出路的人来说，打破束缚、突破限制，开辟一条新的路，便是科学之未来的出口。虽然此行一路曲折蜿蜒，但希望与光明就在远方。

他的思想一直在路上，即便前无古人，后来者、志同道合者也相见甚少，但他坚信，人们一定会看到他的所作所为，历史终究会验证他的思想的。他想尽快将自己的著作公之于世，目的并非博得名与利，而是出于工作之担忧。他一直惦念着，万一不久于人世，残留下来的、业已完成的构思设计和一些设想也将服务于万众，进而流芳百世。在他眼里，充满野心之人手中的特权与他手中已经完成的事业相比，无论怎样都显得贫瘠、低微：发现问题不是目空一切，或者他的伟大之处就是不求回报，乐在其中。

《伟大的复兴》提纲

在我的作品里面，不可能把每一件事都清晰明了地阐述出来，我的内心想法是简单的，就像新生的孩子一样单纯、天真。首先，让我来解释一下这部作品的顺序和计划，我把它分成六部分。

第一部分大概描述了人类拥有的学识。在我看来，停下来思考一下我们究竟获得了什么，是很有好处的，因为年长者更容易实现自我，而青年人更容易靠近自我。我把它提升到一个高度，即我们必须把它作为一个目标，以此来获得更多。除此之外，这也能让人更好地倾听我的想法，正如谚语所云："那些无知不会在任何文字上获得知识，除非你先告诉它那些已存在于心里的东西。"所以，我们将沿着科学的海岸继续前行，在我们的旅途中或许还能碰到一些实用的东西。

在科学上的划分是这样安排的，我不仅仅考虑已经发现了的和已知的，同时也考虑可能存在却被忽略了的。知识的世界同现实世界一样，有宽阔的通天大道，也有布满荆棘的羊肠小路。我走的就是那些不同寻常的路，因为时代变了，过去的知识只适用于过去，现在的时代需要一些新的知识。

关于这些知识，我将作为一个标记记录下来，并进行简单的讨论，因为我总是有机会去述说那些不足的事，显然它们在一定程度上是模糊的，以至于人类不可能明白我的作品所要表达的意思。所以我的任务就变成了教人们如何去理解。因此，在不通过作品本身而获得帮助的前提下，一些建议性的指导显得尤为重要，因为它仅仅关乎我个人的荣誉，跟其他人的利益没有关系。我不会让别人觉得我脑子里的是不着边际的想法，也不会让别人觉得我所说的分享是虚情假意。事实上，有些东西，只要人们愿意，就是会被人类所驾驭的，我对这件事已经构思得差不多了。我们做的不是像占卜师那样弄虚作假，我们要攻取的是科学的高地，我们要做的就是攻进这些城池。这是第一部分。

对于转瞬即逝的古老艺术，我需要做的第二步就是把我们的勇士变得强大，让他们可以去冲锋陷阵、征战沙场。第二部分，就是属于这个理论的。我希望科学工作者能够利用这个理论去克服在探索之路上的困难。基于这样的目的，我所提出的方法其实是一种逻辑。它的自称保护和服务于理解功能都是一样的，但还是有三个重要区别：目的、探究顺序以及探究起点。

我提出这个并不是为了提供一种新的论据，而是为了开辟一种新的艺术。目标不同，结果亦然，其中一个可能会帮到辩论的选手，而另一个则可能是可以支配自然的。

验证本质和顺序是符合这一目的的。在普通的逻辑中，几乎所有的运行都是三段论。我呢，恰好相反，反对用三段论的框架作为行动的规范。三段论是由命题组成的：词命题词，语做标记，还有概念的标记。现在，如果头脑的概念性（这是因为词的灵魂和整个结构的基础）是从不正确的途径得来的，那么模糊的、不明确的定义就会出现在很多方面，整个结构就会变得更加抽象。因此，我拒绝三段论。而且，有关作品中也出现了这样的问题，基于三段论的影响，作品远离实践，对科学积极的人们来说将完全无法进行阅读与运用。所以我一直坚持使用归纳法，即使它是没有操作性的，但它至少接近可操作的边缘。

与此对应，验证的顺序也需要修改。目前看来，验证的过程大多投机取巧，从命题中得到其他的东西，这种做法固然轻松，但它永远不会带领人们去发现自然。我现在是有目的的，渐渐地过渡到下一原理，最后到命题，那时你再来看，他们就不再是空洞的概念。我做的最大改变就是改变了归纳他们的形式。逻辑学家所说的归纳，在我看来是一种幼稚的方法，结论是危险的，而且结论很容易推翻，他们只会考虑自己熟知的东西，因此不会得出任何有意义的结论。

现在科学需要一种实际经验分析的归纳方法，并通过一定的程序得到正确的结论。如果通过逻辑学家进行普通判断练习是如此费力，那么我们需要做好准备。我们正准备着手此项工作，这种收获不仅仅来自心灵深处的赐予，同时也来自大自然的馈赠。

这还不是全部。因为我们探究得更加深入，所以比前人更加接近事物的本源，它检验了从未怀疑的事。第一，逻辑学家们提供的法则本身就是从这个学科借用来的；第二，他们非常尊重心智的最初概念；第三，他们的信息直接来自感官。就凭这一点，我觉得逻辑就应该具备更高的权威，不应是只属于几个学科本身。虽然最初概念的形成都受心智的控制，但概念在得到重新验证和判断之前，是不能被信赖的。最后，我用不同的方法验证了来自感官的各种信息，可以肯定的是，那些信息是假的。

有两种情况感官是不起作用的，一种是感官不提供信息，一种是感官提供错误信息。鉴于第一种情况，有很多事物感官无法察觉的，即便感官捕捉到了，但理解得过于片面也是不正确的。感官信息的收集是与人有关系的，而与宇宙无关，所以感官不是衡量事物的尺子。

为了应对这些困难，我寻求各方面的努力来解决问题，通过努力用仪器完成实验，纠正其错误。对于实验来说，当辅以精致的工具，此形式远远大于意义本身。因为人的感官终究比不上仪器那么精密，那些被巧妙设计出来的实验是为了某个问题的试验。所以我不太相信感官给我带来的信息，它只是用来判断试验的，而试验结果才是我们最终的目的。我的职业就是一位感官牧师（通过感官获得所有自然的知识），而不是一个误人子弟的骗子，我确确实实在行动，为的是发现真正的自然之光，找到它并点燃它。人类智慧就像一张空白的纸，上面什么都没有写。但由于人类的思想充满奇怪的困扰，所以有必要寻求治疗的途径。

现在偶然的景象、幻影，不是先天具有的，就是后天接受的。如果是后天接受的，那肯定是从一些教条或规则得来的。如果是先天的，那是人心灵天生的特点，但先天固有的智力比感觉更容易出错。人类在欣赏和崇尚思维时，其实就像是由一面不均匀的镜面扭曲了射线进而映射出根据自己部分所成的图像。所以，当它接收到通过感觉印象的图像时，是不能够相信真实图像的，所以形成的概念其实是自己与自然的事情。

如果前面两种算是很难消灭的那种，那么还有一种是不可能消灭的，我们能做的不过是发现它们，然后让灵魂去纠正它们（由于灵魂本身的特点，新的错误与旧的错误毫无关联，所以我们的任务是改变它们，而不是清除它们）；另外，我们需要在这里做下记号，确立为准则（防止悲剧重演）。如果不是通过具有合理形式的归纳，心智是没有用的。通过清除心智中的种种错误使他具备探索真理的资格，对于这种错误的观点，我觉得在三个方面是不妥的：哲学、验证和自然理性。解释它们就是解释事物特点与心灵特点之间的关系，就像是给心灵和宇宙装饰新房一样。让我们祝愿它们二位能帮助人类不断开拓创新，消除人类的痛苦。这是第二部分。

第三部分的工作包含了宇宙的现象，也就是说，通过各种经验的证明，这样的自然历史可能为其构建哲学奠定基础。我了解到，对于那些非怀疑论者和神圣的人来说，谁都无法去模仿和设计这个难以置信的世界，但我们可以检查和解剖这个世界的本质，这就要求我们去研究事实本身所给予的一切。完成它并不是有天赋就可以的，即使集所有人的天赋于一身也不行，所以我们不能放弃。时至今日，人类在这件事上依旧没有长进，所以也难怪人类没有征服自然。

第一，有关意识本身的信息，有时会失败，有时是错误的。粗心的观察、不合时宜的机会、虚荣的谣言、盲目的实验，这些都导致对哲学的错误理解和对科学材料糟糕的分析。而这些错误的分析接着又为理解哲学和自然科学提供相关的素材。

之后，他们试图去修补因为荒谬而被破坏的争论的问题。但是这来得太晚了，这个问题已经错过了补救的最佳时期，而且离纠正事物和抹去错误也已经相去甚远。因此唯一的希望在于增加知识或者重建科学，只有这样科学才能走得更远。

复兴这件事须在一个有原则、有基础的环境中进行。房子建好了，没人住又有什么用呢？另外，还要安排好心智的角色，保证它能正常地指导工作。这里所说的基础是有关于历史的，它有别于现代历史——目标责任、内容结构、细致程度、选材编写及实际操作。

进一步来说，迄今为止，在研究自然历史方面，我较其他研究者更为严谨地挑选了自己所主张的实验，因为我只承认自己亲眼看到的真相。对于它们，我始终秉持着谨慎、严肃检验的态度；我所陈述的都是完好的而不掺杂神话或糟粕的，没有任何夸大的迹象。

或许那样科学就不再困扰它们了吧。那些逐渐灌输给孩子们的神话、迷信、愚昧将给他们的心智带来严重损害，在这点上是毋庸置疑的；同样的思考让我焦虑，形成的对自然、历史认识的哲学观将对孩子们的童年产生指导作用，我们不应该让他们一开始便顺从地接受那些毫无价值的理念。此外，不论何时，当我想起任何一个精巧的新实验（至少在我个人看来是明确的、有水平的），我还是会出于习惯来详细描述，这样人们会完全了解其中的意义，也许会注意到是否有些错误与此相关，也许会燃起他们寻找更为可信的、精准的证据的热情。最后，我随时随刻都能准确地说出对自己的告诫、顾虑与警示，希望起到驱赶邪念、驱散幻觉的作用。

既然我们已经在忠诚的帮助和守卫下围绕在智慧的周围，那么我们就有理由去认真、仔细地挑选一部正规的、神圣的作品，这看上去似乎是我们最应该做的，但实则我们已经深入哲学本身。然而，仍旧有一些让人感到困惑和怀疑的东西，它们形成了必要的前提，一部分是为了方便解释，另一部分是为了当下使用。

首先一点，所有提出的事例都是按照我的方法来进行调查和发现的，通过一些特定的主体来表现预期。在调查之下，选择这样的主题都凸显其尊贵性，同时它们彼此之间也是不尽相同的。在这部分，我就不过多地解释加入了一定规则的事例，因为这些内容是存在于第二部分之中的。但我在此部分中要说的是实际的类型和模式，这是心智的整个过程，同时也是特定的主题从开始到结束的整个结构和过程，这些不同的、值得注意的事物仿若置于我们眼前。这就如同数学，在我的记忆中，如果你身边有一台机器的话，你就会很容易进行证明；但是如果没有的话，你就会发现，这比原本的难度还要显得微妙。在很大程度上，在一定的细节上，第四部分的应用要弱化于第二部分。

第五部分仅仅是供临时使用而作，此部分是对其他部分的一些补充。由于我并没有盲目地结束我的创作，而忽略一些有用的东西也有可能随时出现，因此在第五部分，我将会发现、证明、补充我自己，这并非基于真实的原则和解释方法，而是出于在询问、发现之中能够对理解达到最基本的运用。除此之外，我希望那些没有迷失自我的结论能够被理解。对于那些归属于不同哲学流派的人来说，他们不会接受次于他们自身流派的学说。但是他们并不能像我一样为感觉和理解提供帮助，而是简单地带走了属于他们自己的权威。这是完全不同的，甚至是相反的两回事。

关于第六部分的工作，我将揭示和阐述哲学的合法性和调查的重要性，并详细地解释并提出建立和发展的途径。然而在这最后一部分完成的基础上，我的力量超出了我的想象。为了做好手头的研究，这不仅仅是一种意愿，而是出于对真正的研究和人类的命运以及所有操作的力量而言，人不过是大自然的仆人和翻译：他做什么，他知道的只是他所观察到的事实或自然的秩序，除此之外，他什么都不知道，什么也做不了。而在食物链的问题上，任何彼此之间的力量都不能太松或被破坏，自然也可以使用其规律。

所以这一切取决于你是不是能把注意力集中在自然的事实上，并如实地将它们的形象进行反映和描述。

我们被赋予认知的光芒和心智，并戴着桂冠去完善我们专注的工作。我们一直努力地工作，让我们的所作所为符合要求，我们虔诚地祷告，这或许会让我们坚定，通过我们的双手，获得我们人类新的恩泽与福报。

《伟大的复兴》献函

致以我们最高尚、强大的国王和我的主

詹姆斯

承蒙圣恩

大不列颠、法兰西、爱尔兰国王，信仰的捍卫者

最高尚和伟大的国王：

您或许会指责我盗窃，指责我偷走了您用来工作的时间，从你繁忙的事务中盗用这么多时间在这项请求上。现在，我知道该为自己说些什么。时间并不会做出什么样的赔偿，除非它已然从您的事务中抽离出来，并且去铭记您的名字和您的荣耀。而这些恰恰是值得做的。当然，这些是全新的，所有的一切都是崭新的。从其原型的角度来说，它可能古老至极，它可能是世界本身，也有可能是物质和精神的综合体。从事实的角度来讲，出于我自身的原因，我会将这项工作当成时间的产物，而不是将其视为智慧的结晶。仅有的奇迹就是关于事物的第一理念，长时间以来有关物质的巨大猜想渗入了人们的头脑之中。其他的东西也都有所遵循地发展下去。无疑，总有一些偶然或者幸运的东西，就像人们不经意之间想起要做什么或是要说什么一样。但是，就我所说的这种偶然，我希望是一些我所提供的优质事物，这些事物都是源于上帝的无限慈爱、善良以及陛下您所创造的幸福时代。在我的生命中，我一直充当着诚实和热情的仆人的角色，所以，在我死后，我会穿过哲学黑暗中的光明地带，成为这个时代的著名之人，当然，我也会到达科学再生和重建

之地，而那里恰恰就是最聪慧、最博学的国王的领地。最后，我有一个请求，相对于您的王权，这个请求绝对是对您有所帮助的，这个请求是关于手头上的工作的——您在很多方面与所罗门很相似，您审判严肃，统治安宁，胸怀天下，您所提供的丰富的书籍将进一步完善自然和历史实验学科，这些都是真实的，也是严谨的（文献和书籍学习），如所建立的哲学学科。事实上，我可以如此恰当地予以描述：在经历了几个时代之后，哲学和科学可能不再是虚无缥缈的，而是停留在每一种充满了经验的坚实基础之上，它们被检验者不断权衡着。我已经提供了相关机制，但这样的东西必须从自然实例中进行收集。愿上天庇佑您与您的王权！

您最忠实的仆人

弗兰西斯

《伟大的复兴》序

目前看来，知识领域的状况并非一片繁荣的景象，也没有取得太大的进步，所以我们应该创新，为人类铺开一条人类理解不同于现在的知识之路，同时也向人们提供必要的帮助，进而使得人们可以从内心深处审视事物的本质。

在我看来，人类并没有真正地了解他们所储备的知识和他们所具备的力量，他们高估了前者，而低估了后者。因为他们总是过高地认识自己的能力，所以不再对未来进行探索；他们同时也小瞧自身的实力，进而将力量花在小事上，并没有公平地审视主要的事情。这使得人们在知识的道路上停滞不前，因为他们缺乏勇气和愿望去探索未来。要知道，人之所以要求改进，主要原因是对已有的知识存有一定的看法。如果只是满足于现状，就无意于为将来做好准备了。既然这样，在开始工作的时候，就需要将"高估现有的成就"直截了当地摈弃，同时也应该适当地警告人们不要夸大这些成就。一个人只要仔细地阅读各种各样的科学技术类书籍，就会发现到处都有重复的东西，尽管论述的方法不同，本质却没有新的变化，因为看似储备的知识很多，但是一旦检查就会发现少之又少。

从价值和用途方面来看，我们必须承认，我们主要从希腊人那里得来的种种智慧，只不过是知识的初级阶段：那些知识仅仅具备这个阶段的特质，却没有什么实质性的进展。那种知识只能进行传授，而并不能进一步生成其他知识。因为它充满了争辩性，不具有实效性。因此我们学术界的现状就好像古老的寓言里描写的海妖那样，长着处女的头和脸，子宫上却挂着乱叫的妖怪，它们不能进一步进化。我们所熟悉的那些科学也是如此，它们虽然看起来有些特殊并且有一定的学术性，但一碰到具体的事物，需要产生成果时，就会引起没完没了的争执。这就是事情的结局，就是它们所能产生的全部结果。

据观察，如果这类科学里还有些许生命的话，那么在经历了几个世纪之后是不会发生今天这种情况的。他们就在那里存在着，并没有进行任何改变、更新，没有增加任何对人类有价值的东西，因此过去说过的话现在还要说很多次，过去提出的问题到现在仍然是个问题，并未通过讨论而得到解决。各种传统的传承依然是师徒之间的事情，而不是发明者与未来发明者之间的传承。在机械技术方面，我们看到的情况就不是这样的。相反地，它们有一些正在呼吸着的生命体，因而它们在不断地生长，变得更加完善。在发明的初期，它们一般是粗糙的、笨拙的、不成形的，后来被注入了新的力量，有了比较成熟、便利的结构组成。从目前来看，人们过早地离开他们所学过的东西去追求崭新的知识，这让他们的研究没有达到最高的水平。与此相反，哲学和精神科学却如同神像一样受到人们的崇拜和赞颂，却是一点都没有发生改变，一点儿都没有前进。它们在初创时期会显得非常繁荣，以后就一代不如一代了。因为人们一旦依赖他人做出判断，他们就会不经意地同意支持某个人的意见。如果这样的话，科学就不会进一步发扬光大了，而是变得为个别的名家涂脂抹粉。不要说什么过去的科学一直在成长，最后终于达到了完善的程度，并且在少数作家的作品中固定下来了，现在已经没有发明新东西的余地了，剩下的工作只能是把已经发明的东西拿来润色润色、琢磨琢磨了。

要是那样倒还不错！可是事实上，科学上这种拿来主义的做法，无非是出于少数人的自负和其他人的懈怠而已。因为在科学的某些部分得到辛勤的更新之后，就会出现某个大胆的人，以提供人们喜好的方法和捷径而出名，表面上把它们归结为一种技艺，实际上却把别人的成就统统破坏了。然而这种做法却是后人所欢迎的，因为它把工作变得简便易行。其实就是让人们少了一些思考，因为人们早已厌倦了思考。如果有人把这种一般的默认和同意当成万无一失、经过时间考验的论据，我可要告诉他，他所依据那个道理是极其错误、毫无力量的。因为，首先，各个时代、各个地方的人在科学技术方面所揭示、所发表的一切，我们并不是全都知道、了解。至于个人私下所从事的和做出的一切，我们更不是全都明白的。其次，人们对"同意"本身的看法，以及保持"同意"的时机，也并不是很值得考虑的事。因为政治领域的统治思想是见仁见智的，科学领域的却是一成不变的。它一直是而且也将永远是受欢迎的、被接受的。我们知道，最得人心的学说总是那些具有争辩性的、论战性的学说。那些外表堂皇、内容空洞的学说，可以说都是挑逗逢迎的、惹人注意的。这样一来，我认为，无论同意与否，毫无疑问，功力最深的智者已经被迫离开自己的道路。对于能力和智力庸俗的人来说，这算是一种欣慰。因此，即便是有些高级的思想出现在某处，也会被流俗的见解毁得一干二净。所以时间就像是一条河流，它把那些自高自大冲到了我们面前，那些沉重的、扎实的东西却沉淀下来，离我们远去。就连那些在科学界窃取权威地位、自命不凡地以立法者身份自居的人，每当扪心自问的时候，也难免不会抱怨自然微妙、真理难寻、事物隐晦、原因纷纭，他们会认为人心的力量微不足道。事实就是这样，他们从来不向外界展现出自己温和的一面，因为他们所责备的是人类和自然，并非他们自己。然而，不管技术有没有达到，只要是技艺做不到的，就直接说这违背自然。让一门技艺自己审判自己的案子，它怎能判决自己有罪呢？这不过是摆摆样子，免得显出自己的无知，大丢其丑罢了。现在，那些被传递和接收的东西都表明——作品荒芜，充满疑问，作品贫瘠，满眼问题。它们在外表上看起来是华丽的，但其实内容很空洞。

因此，如果有人决心要审判自己，想用自己的力量推进科学工作，但是又不能接受自己的观念有悖于传统观念，所以他们从知识的源头开始寻找，觉得自己只要在原有的知识基础上添加一点自己的东西就非常了不起了。他们小心翼翼地添加自己的见解，这样他们既能扬名于外，又能保护自己的自由。但这些庸才得到的是如此多的表扬，这是对科学发展的重大损害，因为人们无法超越自己的信仰。知识是水，水一流到低处，就再也不会高于原来的水平了。这些人虽然修正了一些东西，但进展不大；他们在使知识的高度提升时，并没有扩大其维度。

事实上，只有能够放开胆量去从事一项事业的研究，才可以使他们的天才得以发挥，这样可以为他们所主张的观点铺设一个通道，同时也可以推翻前人的见解；然而，他们的声势很大，但他们的所作所为对事物的推进却不大；因为他们的目标并不是推动哲学和艺术的发展，而是改变学说的形式。这样做的结果当然是一无所获，因为他们同样错得离谱。

还有一些人是随性的，他们希望将自己的观点和他人的意见综合起来考虑，虽然意图很明显，但是努力不够。他们满足于真理中的模棱两可、辩论中的举棋不定；他们随意地探索着，但过于散漫，缺乏严谨性。必要的时候他们会跳出研究的范畴。虽然部分人通过经验几乎改变了机械学，但他们的研究同样不能让人信服，因为他们不够严谨。另外，他们的目光过于短浅、狭隘，时常小题大做。他们根本的问题是不能实事求是地研究物质的本质，这就导致他们不论怎么调整自己的实验都无法得到正确的答案。

另外还需要指出的是，所有行业开始提出自己要完成的研究时，都是怀着过早的热情去追索的。我想，这种追求式的实验其实是带着预期成果性的实验，而不是带着"伟大前程"式的实验。

那些优先考虑到逻辑的人，往往会在科学中找到逻辑的帮助。从整体来看，他们的思维方式是正确的，但没有理智的人是不可靠的，逻辑思维太简单是无济于事的。人们现在大多接受的思维方式并不是万能的，它具有一定的局限性，用它来处理一些不合时宜的事情是荒唐的。

对人类的理解而言，宇宙简直就像迷宫一样；表现为它在各方面都是模糊的呈现，各种事物、各种征象似是而非，各种自然现象杂乱无章、纠缠不清。即便这样，我们也要穿过这迷宫，要依靠那种不确定意义的光，那种光有时照耀、有时阴晦，当要穿过树林时，它便通过各种迹象向前迈进。而对于一些自以为是的向导来说，他们自己也搞不清方向，错误的次数在不断地增加，迷失之人的队伍也逐渐地扩充。在这样的情况下，人类的那些幸运的判断力已经丧失了增加成功的机会的能力。无论多么卓越的才智，无论多么恰当的时机，他们都无法克服要面对的困难。我们需要一个向导，这样我们可以在最初就有一个可以依靠的计划。

我的意思并不是说，我们花费了几代的时间，付出了那么多汗水和劳动，都终将一事无成。在久远的年代，通过对星象的观察，人们乘船可以沿着旧大陆海岸航行或是跨越几个内海。但在穿越大洋发现新世界（新大陆）之前，罗盘的使用，提供了更为精确、更为可靠的指导。迄今为止，这样的方式已经在艺术和科学领域取得了新发现，完全是要通过实践、冥想、观察、论证而进行的，因为它们靠近感觉，又都是在共同的观念之下进行的；只有这样，我们才能到达到比自然更遥远、更隐蔽的部位，所以我们需要更完美地使用与人类心智相连的应用。

我自己至少服从过真正的、永恒的爱，在不确定的、困难的方法之中，我依靠神的帮助对抗周遭的意见，破开自己内心的迷雾。我做这些只是希望能给我的后人们提供一些可借鉴的经验罢了。所有那些我之前所致力于的艺术、发明和相关的人，对研究这件事不过是浅尝辄止，然后祈求在精神上能有人知道，就像是发明是一种脑力劳动一样。在我注意的纯粹的自然化的现实中，我没有从可视的图像和光线中得到进一步的满足，因为这仅仅是在视觉上的；但是，智慧力量较大的人，很少做这件事。同样地，我将所做的发明应用在教学当中。我做的这些努力，并不是想证明哪个人是错的，也不是想为我的学说增光添彩。做一件让自己增光的事很容易，但这不是我想要的。无论什么时候，我都没有左右过谁的判断，我只是将事物的本原呈现给别人看，这样他们就可以知道他们自身有什么样的能力，可以做些什么事。如果我在探索的途中失败了，或者其他人发现了我的错误，我会坦诚。他们发现了我的错误，知识不会受到伤害，其他人同样可以胜任我的工作。通过这样，我相信我的经验已经和天赋结合在了一起，如果它们被迫分开，那一定会带来不少混乱。

因此，意识到这些事并非完全取决于自己，在工作之初我非常谦卑和热诚地去祈祷，回忆起人类在灾难时和朝圣时穿破旧衣服的日子，他们只允许我们用双手去赋予家庭恩惠，同时我谦卑地祈祷，人类的事情不应由上天来干涉。我也祈祷神可以一扫我们的无知，净化我们的思想，让我们能够听从神的旨意。最后，我祈祷神可以向我们传授清醒的知识，让我们能够满怀对知识的向往去探究未知的领域。

现在说出我对人类的祈祷，有对健康的追求也有对公平的诉求。我的第一个理想是人类继续尊重神所赋予的责任感。我的第二个理想是人类远离他们所陷入的邪恶和错误。如果他们认为所从事调查的自然事件中任何部分是禁止的，他们一定会去做。亚当是根据生物的礼貌性来给生物取名的，这并不是单纯的自然知识。用道义上的知识去判断好与坏也是一种愿望。而对于这方面的科学性来讲，神圣的哲学家说，隐瞒事情是上天的荣耀，但弄明白事情的来龙去脉终归也算是一种荣耀。虽然神喜爱与孩子们玩捉迷藏这类善良的游戏，并与此同时赐予他们良善之心，但在比赛中，人类变成了精神的继承者。最后我要解决一个通用的问题：知识的真正目的是什么？他们寻求到的并不是心灵的愉悦，或为争夺，或为比别人优越，或为利润，或为声誉，或为权力，或为任何劣质的东西。但是为了效益和长远的发展，他们完善了这些，并且管理了他们的慈善机构。这是权力和力量的欲望，人们自从有了知识的欲望，慈善就不是多余的，也没有危险的存在了。这些问题是我必须要问清楚的。

就我个人而言，我劝人们相信在工作中举手表决并不是代表他们的意见。但是要做的工作一定要做好，我努力地夯实基础，并且没有受到任何的教派或学说影响，但是人的效率是有限的。接下来我让他们放下所有的既定模式和偏见，公平地处理他们自己的利益。为了有一个良好的前景，不要认为我所创立的学说以及我对科学的态度是一件不着边际的、超出人类能力的事，它的到来是对无限错误的终止和那些所谓真理的结束。同时，我们也要明白它绝对不是人文科学潜在的风险。最后，不要用人类智慧的那点小小的部分去探索科学，而是要对这个大千世界有敬畏之情，但是空的东西总是有着无边无际的空间，而实际的东西大多在狭小的、紧凑的空间里面存在着。我现在只有一个要求（任何的不公平对我来说，也许都像商业存在的风险一样），人们是不是有资格来对我的这些学说指手画脚，人们将要为此做出慎重的考虑，而我必须坚持我自己的主见（如果我一直这样坚持自己的观点），即使是有成千上万的反对观点充斥于我的耳边。

《新工具》前言

有些人将他们所研究的大自然的规律记录下来，将其作为其研究材料。不管他们将这些材料当作简单的保证还是专业的论断，都会对业已完成的哲学和科学造成极大的伤害。因为，此种作为虽为人们提供了相关的佐证并让人们深信不疑，但也有效地终止了人们的思考进程，人们不再为科学或哲学的未知而进行探究。因此从这一点上来说，这一作为所产生的负面效应要高于其产生的有益价值。然而，有些人采取了相反的途径，断言没有一种事物是可知的——

无论他们得到这种见解是由于对古代诡辩家的憎恨，还是由于心灵的游离，甚至是由于对学问的专心——他们这样做无疑推进了理性对知识的进一步要求，而这正是它的不可鄙薄之处。但是他们既非从真理出发，也没有得到正确的结论，热情和过度的修饰又把他们的论证置于千里之外，无人能懂。世间万物的可知性与不可知性一直争论了很久，古希腊人（他们的著作已经失传）则采取了中立的立场，做出了明智的论断。出于对两个极端认识的理解，前一个是对任何事物都敢妄下结论，后一个则是对任何事物都不去研究。古希腊人一方面总是抱怨没有办法去了解、认知事物，就像狂躁的马匹不停地咬着衔铁；另一方面他们会通过尝试了解自然事物来确定它们是否可以被认知，通过辩论是解决不了这个问题的，而是要去不断地尝试实践。然而，他们过于相信他们自己的理解力，不去深究探索事物的方式和方法，他们把对任何事物的认知都寄托在冥思和相关的思维活动上。

　　我的方法解释起来很容易，操作起来却很难。我准备建立一个可以不断进步式的阶梯，但仍旧保留通过感官的验证方法，以便帮助进行修正。但是之于感官活动中的心灵运动，我将拒绝采用其中的大部分。我已经为心智开通并铺就了一条崭新的、确定的思维处理之路，从最简单的感知运动开始。重视逻辑的人对此深信不疑。他们如此重视，说明他们也正在寻找心智的方向，并且现在毫无头绪。但是这种补救措施施行得太晚，以至于没有取得什么好的结果。这样不仅不会解决问题，还会使问题恶化。要想彻底解决这个问题只有一种办法，那就是重新开始做这件事，做好每一步，这就像安装一部机器一样，要安好每个零件一样。当然，如果仅靠空空的双手而不依赖于工具进行思维活动，就像仅以单纯的理解力来进行一样。即便是竭尽全力联合起来进行思维活动，成效也是极其有限的。

现在，假想一下，如果要将一座巨大的方尖塔从原位上挪开，如果仅凭赤裸的双手，外人一定会认为这是疯子的行为。如若他们还是按照原始的办法，去招募更多的人来进行此项活动，外人是不是会认为此举更加不可理解呢？如果还是按照老办法，只是在挑选人手之时，筛选掉一些老弱无力之人，参与的是那些精壮之士，外人难道不会认为这疯狂到了极致吗？最后，如果他们还是不满意，那么就采用体育竞技的方法来进行，他们需要将甄选上来的人按照事先规定的规则将油料、药物涂抹于手臂之上，那么外人会不会大叫出来，认为这种方法或计划疯狂得有些道理呢？其实，人们在做智力活动时是同样如此的——同样进行了疯狂的努力，但确实没有成效。他们希望伟大的事情或者来源于人数，或者来源于合作，或者来源于个人的智力。的确，他们提高理解力的途径就是通过逻辑的方式来进行的。而这种所谓的逻辑思维方式，就是单纯地运用智力加强对事物的理解、判断。实际上，每一项伟大工作如果仅仅凭借赤裸的双手而不利用工具和机械的话，即便从事的人付出再大的努力，终究是无法成功的。

以上仅为前提条件，我要提醒的是，以下两点才最为重要：首先，我很高兴地看到人们并没有因为我的计划而对古人有丝毫的不尊敬。如果我的方式与古人相同，人们势必会把我们放在一起比较。这样做没有什么合不合适之言（如果前人有错误，我也可以利用我本来具有的自由来和他立异）。不过，不管理由多么正当，以我自己的力量来衡量，这似乎不太妥当。我的目的只是想要开辟一条崭新的理解、思维之路，一条前人没有没理解过也没尝试过的路。现在已经不存在什么言论之争了，我只是一个探路者而已，没有什么权威，也没有什么能力和智力，完全依靠所谓的运气。

我所要提醒的另一点就是关乎事物本身。在这里需要提醒的是，我并不愿干涉现在流行的哲学，不管是现在的还是将来的更为准确、完善的哲学。我也不反对哲学的应用，不反对其他人对它的喜好，不反对把它作为教授授课的材料，也不反对把它作为谋生的手段。诚实地说，我说的哲学并不同于以上。它不是搁放在路边的，它也不是书本上的，它更不易于人们理解。只有它的作用和效果是被人所铭记的。由此可见，知识当中的两个分支、两个派别相互之间都是互利的。如上所述，哲学中的两个分支、两个派别也不是相对的、敌对的关系，同样是相辅相成、互惠互利的关系。简而言之，一种方法是用来培育知识的，而另一种方法是用来开创知识的。对于倾向前一种方法的，或许是出于心急繁乱，或许是所从事事务的需要，或许是智力一般想要吸收另一种方法来进行提升，我希望他们都能够获得他们想要的，并取得成功。另外，还有人对已有的知识并不满足，想要进一步发掘知识。他们克服困难，要的不是在辩论中征服对手，而是征服自然。他们追求的知识并非是似是而非的，而是准确无误的。我邀请他们加入进来，共同成为知识的子民，超越前辈的错误，我们一定会找到一条通往真理之路。为了使我的意识更加清晰，我要给这两种方法或两种道路命名，一个是人内心的揣测，一个是自然的解释。另外，我还有一个请求，就是我们要拿出真实的东西，还要表达得易于理解。不管他们心存的观念是什么样的，都应该以一种理所当然的方式来进行呈现。就我个人而言，我希望得到人们的尊重。不管是一个人形成的观点，还是一个人的判断，抑或是一个人的观察，还是一堆权威、一些论证形式，我都希望他们不要望文生义。我希望他们能对事物研究透彻，并用自己的方法进行检验，我也希望他们有足够的耐心去修正自己的坏习惯。如果他们能够这样做，那么他们才具有发出疑问的资格，这时候对于他们所提出的问题，我才会认真地审视。

亨利·康德尔和约翰·赫明斯〔英〕

莎士比亚戏剧集《第一对开本》① 序（1623）

致各位读者：

　　众人对于精明能干的人所做出的评价是：您是众人之翘楚。同样，我们也认为您在此领域中的分量决定了这些书籍的重要性，包括它们在现世所能创造出的辉煌，这并不只是单纯靠您的头脑和您的财力。当然，现在它出版了。各位可以代表自己所属的那部分人来行使特权——去阅读它，并且批评它。但在此之前，首先需要将

① 莎士比亚戏剧的《第一对开本》出版于莎士比亚去世后 7 年的 1623 年，堪称英语文学史上最重要的书籍之 。该作品集以对开本形式印刷，共包括莎士比亚的 36 部作品，由莎士比亚在国王剧团的同事约翰·赫明斯和亨利·康德尔于 1623 年筹划出版。尽管莎士比亚的 18 部剧本已经在 1623 年之前以四开本形式发行，《第一对开本》却为莎士比亚的大约 20 部剧本提供了仅有的可靠来源，同时也为已经出版过的剧本提供了重要的来源。书中的 36 部戏剧中，有 18 部之前从未印刷出版过，包括《麦克白》《第十二夜》和《暴风雨》等。

它买下来。书商说，这也的确称得上是对这本书最好的肯定。那么，无论用怎样的思考方式，无论用什么样的智慧去理解，请各位一定要表现出与众不同的行为。不管它值六个便士也好，值五个先令也好，当然价格越高也就越好了，请您将它买下。但是说老实话，批判并不会带来利益，同样也驱不散那些讨厌之事。假设您是一名机敏睿智的法官，坐在剧院里对戏剧的诸多细节进行审判，如果这些戏剧都接受审判的话，那么所有的罪名都将成立；如果它们被判无罪，原因并非法庭的裁定，而是出于几封推荐信。

有一件事情是可以被确定的，作者本人是希望在有生之年能看到自己的作品公之于世的。但谁又能抵抗命运的裁定呢？死亡剥夺了他的这个权利。我们作为他的朋友，出于关心的角度，收集并且出版了他的作品，希望读者不会认为作者本人就此遭受了不公正的待遇。在我们出版发行它之前，流通于世的作品多为骗子的抄袭之作，它们这样欺骗读者，而我们要将真相与正版献给你们，这里面包括莎士比亚所有的剧本。从内容上来说，他是自然的模仿者，自然同样以此来进行回馈。他的思想与他的写作是相互统一的，即他笔写他心，他可以将自己的想法、构思很好地讲给您听。在他的草稿上，我们甚至找不到什么涂改、修正过的痕迹。我们的想法就是将他的作品收集起来，交到您的手上，是否给出溢美之词，全由您来决定。我们认为，不管作品的层次、内容如何，其中总会有一样是吸引您的，它会使您的灵魂得到提升，这并不取决于您的理解力有多强，人人都能够从中受益匪浅。没有阅读过它，也是您的一种小小损失，同样也会使莎士比亚的智慧尘封。请您静下心来务必多读几遍，如若您仍对此毫无兴趣，可能是您还没有真正地理解他。现在我们向您介绍作者在作品中的那些朋友吧，如果您需要他们，他们可以成为您的引领者，指引着您前行。或许您并不需要他们，这是因为您的思想已经足够深邃，能够指引自己并引导他人，这样更好，我们同样也希望通过作品来产生出越来越多此类的读者。

约翰·赫明斯和亨利·康德尔

艾萨克·牛顿[①]〔英〕

《自然哲学的数学原理》序（1686）

自从古代开始（帕索斯所进行的定义），人类就已经开始在自然中进行大量的力学的调查研究，可是到了现代，对于这种研究却抛开了结构的束缚和自然的力量，改用数学的理论解释自然现象。我曾经探讨力学与数学的发展，并将它视为一种哲学。古代人从两方面来考虑力学：一种是理论型，通过精确计算得到结果，另一种是实践型。所有的手工艺术都属于实用数学原理，通过这些，实用力学因此得名，但是作为工匠来说，却无法使其完美无误地呈现。所

---

① 艾萨克·牛顿爵士是英国伟大的数学家和物理学家，1642 年出生于伍尔斯索普，1727 年于肯辛顿去世。他以大学教授的身份当选为国会议员。牛顿在 1689 年到 1690 年期间及 1701 年的时候是皇家科学院的成员，在 1703 年成为皇家学会的会长，并任职 25 年之久。其中，万有引力的理论是他众多发现中最重要的一项，这在《自然哲学的数学原理》中有详细的说明，通常广为人知的是序言中的基本原理。

以几何学便从力学中分离出来，精确的被称为几何学，不够精确的就被称为力学。上述所提及的误差完全是由手工所致，并不属于技术或理论本身的问题。如若匠人所做之事、所得之果是不够精确的、不算完美的，那便不能称得上是完全意义上的力学家。如果匠人能做之事极为精准，他才称得上是真正的力学家。通常来讲，描述线与圆的定义属于几何学范畴，但在此基础上同样也可以说是属于力学范畴的。几何学不会教我们如何画那些线条。因为它认为我们在了解几何学之前已经被教导过如何准确地描述这些图形了。它所要展示的是如何通过这些线条和圆去给问题找到一个准确的答案，但这又不算是几何学的问题，这是需要通过力学来解决的。几何学的用途因此显现出来——就是如何应用这些线条和圆。几何学一部分值得称赞的优点是，通过几个从其他地方获取而来的理论，可以生成诸多的成就。因此可以得出，几何学存在于力学的基础上。它在力学中是属于理论和计算更为精确的那一部分。但是当手工艺术以物体的运动形式变得广为人知时，就会涉及几何学所提到的"量"，因为力学与物体的运动是相联系的，因此这也意味着力学与物体的"量"也存在着一定的联系。就此而言，理论力学是一门精确地提出问题并进行演绎的学科，其研究目的是探讨力是如何产生运动以及运动所需多少力的问题。力学的这个分支学科是一种结合了几何学的学科。这个学科要求对理论概念与实际测量进行研究。古人对这个学科的研究总共包括五种方面。重力（它不是人为的力量）是自身带有的一种自然属性。我们的设计并非全部取决于艺术，而是以尊重哲学和科学为基础，重点不在人的力量而在自然的力量。我们主要考虑重、轻、弹力、流体的阻力以及类似的力之间的联系，包括其他被排斥或被吸引的力。因此我们将此书称为充满哲学意义的数学原理。对于哲学上的困难，即看上去是来自于理论现象却需要去研究的自然之力，进而研究通过这些力去推导出其他的什么现象。对于这个命题，我们将在此书的第一部分、第二部分中做出相应的结论，在第三部分中我们会给一个例子，作为对整个宇宙方面的解释。经过前面两部分的总结，可以追溯来自于天体的现象，这种作用使天体趋向于太阳和行星。然后依据这些数据和理论，以及其他的一些精确的命题，我们可以推断行星、彗星、月亮的运动以及海洋潮汐的运动周期。我希望我们可以通过同样的力学原理中推导出其他的自然现象，因为很多原因诱使我怀疑它们是受很多已知力量所左右的。一些天体微粒由于未知的原因导致了这些现象，其中每一个力都在互相作用，并且有规律地相互吸引或被排斥。正因为这些力的不确定性，所以试图以此继续探索自然的意图是徒劳的，但是我希望记录下的这些可以对未发现的事物有所帮助。

关于此书的出版，多亏了最敏锐、最博学的埃德蒙·哈雷先生，他不仅给予我在理论和图形方面上的帮助，他的游说和规劝也使得这部著作的出版成为可能。他见证我得出了天体运行的一些具体特点后，不断地鼓励我去同皇家科学院进行联系，所有的这一切促使我决定将这些理论成果进行出版。我最初思考的是对月球的计算方面存在的偏差，后来又有关于重力和其他力的一些规则、原理，还有根据所给出的定律，描述物体按一定的规律被另外的物体所吸引或排斥，以及一些物体之间的运动，物体在阻滞介质中的移动，包括力量、密度和移动方式等。在我做完一个有关那些问题的调查之前，我不断地推迟它的出版，想要将其囊括到其中一起发表，比如包括是什么引起了月球的运动。我已经把所有命题的推论都汇集到一起形成命题66①，进而避免被迫去证明某些与此无关联的方法的正误，但同时这样做也避免了某些定律的连续性被打破。在事后所发现的瑕疵之处，我不得不在一些不算恰当的地方进行插入，这些替换之处也许会将命题和引文的数量改变。我发自内心地向您请求，请求您认真地对这本书进行深入的研究，对我进行的并不完美的课题给予一个非常客观的评价，并且同样非常客观地指出错误。

艾萨克·牛顿

剑桥大学三一学院

1686 年 5 月 8 日

---

① 命题66是《自然哲学之数学原理》第一部分的内容，是著作中最长的命题。牛顿在此部分初步探讨了三个巨观物体在彼此间引力作用下的运动。这一问题后来被称作"三体问题"。

约翰·德莱顿[①]〔英〕

《古今故事诗集》序（1700）

　　有些时候，诗人也会与建筑师们在某些地方不谋而合。当他们计划投入成本时，首先会得出一个非常精确的预算。但是通常来说，可能会出现一些常见的偏差，例如计划的预算在实施的过程中不够了。因此，随着进度的深入，相应的开支也会根据各种情况进行不同的调整，因为这么做会提高效率，虽然从理论上讲是增加了这样或那样的额外付出。类似的经历我也体验过，我所写就的这本书就好比建造一座房子，尽管这本书被我"建造"得像是一个草屋，但

---

　　① 约翰·德莱顿（1631—1700），十七世纪后叶伟大的戏剧学家和文学评论家，他所翻译的维吉尔的《埃涅阿斯纪》被收录在哈佛文学经典中。他在散文方面的创作不逊于诗歌。他所做的此篇序来自一部关于乔叟的叙事诗。通过他温和而尖锐的批判，读者可以看出其智慧的品质，在他身上也可以看出其所生活的时代的特征。德莱顿被誉为英国评论界第一人，作品中所表现出来的现代散文体也被后人称颂。

它仍然是有着我自己的特点的房子，比起那位贵族①来，这座房子似乎要成功得多，因为那位贵族并没有在离世之时完成他的宏伟巨作。

我首先从翻译荷马的《伊利昂纪》（我本打算凭借这部译作来换得一份工作）开始，到翻译奥维德的《变形记》的第十二卷，因为它包含着特洛伊战争的起因、经过以及结局。按常理来说，我完成以上工作之后应该就此搁笔，但当我读到《变形记》第十五卷，也堪称本书的精华部分之时，我深深地被书中的埃涅阿斯和尤利西斯的故事所吸引，其中精彩的部分仿佛沿途的风景，我根本无法将其忽略，所以我便将此部分译成了英文，并怡然自乐于此。之后我便发现，这已然译成的部分有着十分丰富的内容且完全可以独立成书，兴趣盎然的我便翻阅了《变形记》的前几卷，找到了"猎猪记""基尼拉斯和密拉"，以及"博西斯和腓利门"等故事，并把它们逐一翻译成英语，加入之前翻译的行列之中。我希望所完成的译著是贴近原著并能反映诗歌之美的。说到这一点，从不涉及功利的方面来讲，并不是每个诗人都有我此番天赋的。毫不夸张地说，在过去的百年之中，能达到此种高度的人无不是才高八斗、文采飞扬之士。对于在伊丽莎白女王统治时期的两位活跃的诗人斯宾塞和费尔法克斯来说，可以称他们为语言大师，他们也理所应当获此称号，他们对于诗歌的理解比那些追随者们还要深刻。对于不同流派来说，每个派别都有其直系和旁系的继承人，弥尔顿属于斯宾塞诗歌的后继，沃勒则继承了费尔法克斯的衣钵。弥尔顿已经不止一次地向世人宣称，他是乔叟死后两百年后的再生，他身体中有着乔叟的灵魂。弥尔顿也向我表示过：斯宾塞是其创作的源泉。而众所周知的是，沃勒也公开承认过自己的诗歌韵律是借鉴于费尔法克斯先生翻译的《布永

---

① 此处的贵族暗指白金汉公爵。

的戈弗雷》。

但话说回来，通过这次翻译奥维德的作品，我想起了我们的英国诗人乔叟，两人旗鼓相当，并没有什么高低之分，我竭尽全力地想要对他们进行比较，发现他们和我一样，一直都是在努力地歌颂我们祖国的荣誉。因此，我决定拿他们的优点来作为评判的标准，通过将《坎特伯雷故事集》中部分内容翻译成英语来比较两者。这意味着，这两个诗人，虽然拥有相似程度的智慧和语言表达方式，但通过比较，读者可以自行做出判断，而非受我影响。如若我过分偏袒我的同胞、我的前辈、桂冠诗人乔叟的话，那奥维德的支持者们定然不会同意，这其中不乏泛泛之辈，或许也有博闻强识者。或许我所列出的证据显得过于主观、狭隘，但读者的眼睛是雪亮的，他们会根据实际情况来进行判断。按照霍布斯的理论进行下去——思想总是具有连贯性的，我通过乔叟想到了薄伽丘，两人不仅生活的时期一致，就连创作的类型都属于散文体小说、诗歌。据了解，薄伽丘创造了八行体的韵律形式，从此这个模式一直被所有意大利作家在书写英雄体诗歌中所沿用。两者的另外一个相同点就是他们都专注于精炼、完善自己的母语。但不同的是，但丁在薄伽丘之前就已经着手完善意大利语的工作了。而散文的改革完全是由薄伽丘本人倡导的，他从自己的老师彼特拉克身上得到了诸多帮助。时至今日，他仍是意大利语的一个标准，尽管他所使用的词语都已经过时了，但这也是难免之事。正如博学的赖默先生所言，乔叟是首个将苍白单调的英文进行完善之人，他从当时最为优美的普罗旺斯语中取经，进而将英文加以丰富。就此点而言，当时伟大的评论家已给出肯定，而作为同胞的我还需进行评论吗？出于时代的原因，乔叟与薄伽丘的相似之处使得我决定将两者置于书中进行比较。与此同时，该书还收录了我的一些其他文章，这些文章是否可以与我的诗歌相媲美，这一点还是让读者去评论吧。当然我希望他们不会太过于苛责我的这些文章，但如果他们真的那样做的话，我将引用一个老绅士的故事来进行辩解——他在女士面前行动迟缓地爬上了马背，他希望人们在评判他的所作所为之前考虑一下他 88 岁的高龄。感谢仁慈的上帝，还有不到 20 年我也将要如此，现在的我已经能够感觉到我的四肢是如此的虚弱，但是否能说我的心智也随着年龄而衰老，这就要由读者来亲自确定了。在我看来，在一定程度上我的心智并没有怎么衰老，它仍然如往昔一般充满活力，只是我的记性大不如从前，不过也没有退化到可怕的境地，即便是再糟糕一些，我也没有任何理由去抱怨。岁月的沉淀非但没有让我的判断力衰减，反倒是在与日俱增，各种想法每日都会源源不断地涌入我的大脑中，对我而言，唯一的困难就是我是选择接受还是拒绝这些想法；到底是运用诗的方式，还是运用完美的散文方式来将其表达出来呢？简而言之，我已经进行了这么长时间的学习和实践，它们已经成为我的一种习惯。虽然我仍然可以用那个跟老绅士相同的理由，但我会留到实在需要时再用。我不会用它来敷衍我的读者，而是请求原谅我因人性的弱点而滋生出的种种问题。我不会向读者抱怨说，我在写这本书的过程中遭遇了疾病的困扰从而显得有些仓促，我也不会向读者苦诉我数次想要放弃的念头。那些喜欢自我宣扬的人会花费时间在前言中表述自己在写书过程中用时之短，并且中途遇到诸多难事。但是读者当然也会这样问一些问题：为什么他们不花费时间来让他们的作品更完美？为什么他们笔下的文辞枯槁，读起来毫无乐趣可言，就像写的时候没有打过草稿一样？难道读者就该读到一部不尽完善的作品吗？难道读者的鉴赏能力就该被鄙视吗？

以上为序言的第一部分。我将第一部分总结为：这是我整个成书的全部过程。而我的第二部分将会表明：我并没有写什么伤风败俗或亵渎神灵的内容。至少我心中并未生发出此种写作念头。如果你们在书中碰巧发现了不敬的词句或者极度荒唐的想法，那么请您将其视为我的疏忽，并予以销毁及忘却。另一方面，我尽量选择一些有深刻寓意的古今寓言进行翻译，其中一些有着教育意义，在这些寓言中，有的来自古代，有的来自现代。我本可以在前言中将其详述，但此种方法又显得过于乏味，如若直接表述，读者的兴趣将会大打折扣。就我完成的那部分而言，我相信在创作之时是十分谨慎的。对我来说，诗歌并不都是美好的和令人愉悦的，有时它也会与传统的习俗或者宗教发生冲突，或是像贺拉斯所说的空有辞藻的堆砌而没有多少实际意义的句子——言之无物的诗句，虽动听但无意义。如果有人指责我说，我的诗歌曲解世俗道德或是亵渎神灵，我希望我能够为自己辩护。那些经常自诩为宗教律师[①]的人，无不是披着法律的外衣，行使着诬告之事，他们颠倒黑白，对那些持有不同意见者诽谤中伤。

我们先退回到我所翻译的《伊利昂纪》的第一部分，我之前就表示，翻译荷马的作品要比翻译维吉尔的作品愉快得多。就我个人而言，相比较于翻译拉丁诗人的作品，我更愿意去翻译希腊人的作品。从两人的作品中，可以窥探其各自的风格与品格。维吉尔是一个性情安静的人，而荷马是一个热情奔放的人。维吉尔的主要才能表现在他常规的想法和精雕细琢式的语言上，而荷马的才能主要体现在他丰富的韵律，以及天马行空的想法上，荷马的语言能力堪称那个时代的巅峰。同时，荷马作品中所表现出的创造性更为丰富，而维吉尔相对来说则具有一定的局限性。如果没有荷马在文学上所铺设的道路，维吉尔是不会去创作英雄史诗的，这可以从维吉尔的

---

① 《简论英国戏剧的不道德和亵渎》（1689），柯里尔·杰瑞木著。

作品中略知一二。维吉尔所创作的英雄史诗其实是《伊利昂纪》的续写，很多人物都极其相似——埃涅阿斯其实是《伊利昂纪》中赫克托①的进一步完善的人物。维吉尔的《埃涅阿斯纪》的前六卷其实就是仿造了《奥德修斯》中尤利西斯的冒险故事，虽然具体的故事内容不同，但故事所发生的地点是相同的，尤其是埃涅阿斯和奥德修斯流浪的海域的名字也是相同的，作品中黛朵②和卡吕普索③也类似于此。并且戴尔也拒绝成为诗中的海中女神的女儿。维吉尔诗歌的后六卷是《伊利昂纪》的浓缩版，两部作品都讲述了因一个女人所引发的战争以及一座城池的沦陷。我如此表述并非要诋毁维吉尔，毕竟他笔下的故事都源于其原创，不管是故事的内容还是写作的手法，都具有独特的标志性，即便故事的原型源于荷马。从这一点上不得不说，是荷马教会了维吉尔文学上的创作。如果原创性是史诗作者的标签的话，那么拉丁史诗只能位列第二。

霍布斯先生是以简单引用的方式来修饰完善《伊利亚特》的，对于霍布斯先生来说，当他完成这一整部作品的时候，同时也开始发自内心地赞扬起荷马先生来。他告诉我们非常重要的一点就是怎样领略史诗作品的美妙，其方法在于如何品鉴典故的来由，以及细节的处理。首先在语言上运用的是充满色彩的语言，然后考虑的是语句之间的自然。整体的构思、角色的性格以及习惯都在这篇文章未完成时按作者的描写试图模仿出诗人所定义的人类生活。的确，华丽的语言像耀眼的色彩夺人眼球，同时最绝妙的是路过并捕捉到这一刻风景的人。但是如果从草稿就开始出现错误，举例毫无说服

---

① 《伊利昂纪》中的勇士。
② 《埃涅阿斯纪》中的迦太基女王。
③ 《奥德修斯》中的海女神。

力，人物性格也与之不相符，其间规律不一致、想法不自然的话，就算是语言的色彩再美好，最终也只是一个不尽如人意的残次品。维吉尔和荷马在以前的创作中都不存在类似这样看起来美好却致命的缺陷。但在另一方面，如果是罗马诗人，至少可以胜任希腊的一些学者所不能胜任的，我在别处了解并传播悦耳的音乐与不屈的品质，以补充他们在语言方面对辞藻的匮乏。但是话说回来，我们的两位伟大的诗人居然能在性情方面如此的不同，一个易怒乐观，一个冷漠忧郁。这也使他们可以通过各自的特点而擅长某一方面的写作，比如，阿喀琉斯是充满热情的、焦躁的、深藏仇恨的人。我之所以会得出这样的推论，主要是根据作者的脾性，我认为荷马维吉尔更充满激情，得出这种结论令读者十分认同。一个温文尔雅的学者，在另一方面却是激烈火热的，永不中断他的热情。这样的差异，使得朗吉弩斯会受塔利和德摩斯梯尼口才的影响。另一方面，当你读荷马时觉得没意思，甚至心思都不在书中的时候，可以得出的结论是，那本书其实能是取代激烈游戏的一个新的事物。从那里可以看出，你的思维需要非常迅速地进行应对，并且得出结果。我得承认，荷马的这种激烈更符合我的脾气，所以我觉得他这整本书比维吉尔的作品更有乐趣。持续着的紧张神经必须需要一个释放，不论是在怎样的法则下，以及包括时间方面的话，都要停下来休息一下并储备下一次所需的能量。

我认为需要在此说说荷马。我对奥维德和乔叟二人关系的评价，是对两者深思熟虑之后才得出的。从乔叟式的单一英语语言使用开始，他便与奥维德结束了整个罗马文学的黄金时期。诗人们的表达方式开始不尽相同；然后是两人的教养、本性、性情、自由度，至少在作品中还可以在他们的生活或是哲学和语言学方面表现出部分一致性。他们两个都了解天文学，奥维德的关于罗马节日的书和理论论述的星盘，确实是足够让人信服的。而乔叟也是一个占星家，维吉尔、贺拉斯，以及马尼吕斯也一样。

薄伽丘的《十日谈》是首次出版的，从那本书中，我们英国人提供给他《坎特伯雷故事集》作为素材。然而，我应当证明一下：一些意大利诗人所著的内容也可能被包括在内。故事是彼特拉克整理的，由他送到薄伽丘那里。参考《特洛伊罗斯与克瑞西达》《伦巴德人史》使得对英文的翻译进一步的美化，我们的同胞以及其中的天才们发明创造了具有我们特色的诗歌。我发现序言的本质其实都是漫谈，这并不罕见。这是我从诚实的法国作家蒙田的身上学到的，同时我也很荣幸地结交了奥维德和乔叟，他们两个都是我无比敬佩的人，他们二人的成功都是建立在别人的发明之上的。到现在，乔叟也有了自己的作品，如《巴斯妻子的故事》《公鸡和狐狸》，这些都是我曾经翻译过的作品，也被别的作家翻译过。尽管我并不全部记得关于奥维德的事情。他们俩都理解礼节，在这个字眼下就是我所理解的他们两人的激情，从更大的意义上说，主要集中在对人类的描述和他们特有的生活习惯上面。比如，在我看来，《腓利门书》整本都堪称完美，好像是古代的画家亲手绘制的一样。在《坎特伯雷故事集》中所有的教徒，他们的幽默、他们的特点和他们特有的服装都让人感到十分清晰，似曾相识一样。但是我觉得乔叟描绘的事物却非常生动逼真，他总是能够选取一个很好的有光的角度来进行描绘。不过在这个问题上，我并没有多少时间去证明，在此，我想告诉读者，我心中的确对两位诗人没有什么成见，我的这些想法和评论都是有待考虑的，我也是借助于奥维德或者乔叟的英语语言来进行会话创作，乔叟身处语言的曙光之中，因此，我认为没有什么能够超越他。按照艾妮乌斯所言，奥维德和乔叟所用的语言机制同我们现在使用的英语一样。在我们的诗中不用修饰被视为保守的行为，而他们的初衷则是强化现代艺术。当他们自然地对别人进行描述时，针对的也就是这个场景或那个场景。如果是庸俗的法官，十个人中会有九个向别人炫耀他们的高傲和机智。在我看来，相对于罗马人来说，我更喜欢英国人。我感觉，罗马人非但不诙谐机智，反而是令人作呕的那种，因为他们并不真诚。有为了爱情的将死之人把他的这份情感描述为水仙花的吗？如果这个算作是机智聪明的话，穷人不都是喜欢在痛苦中死去的吗？这就像是约翰·利特尔维特的《巴塞洛缪集市》一样，他有一种悲惨的境遇，同时也有一种可怜的高贵。在这种情况下，人们应该努力提高怜悯的限度，而不是这样——通过对奥维德作品的阅读大声笑出来。维吉尔从来不利用这些手段，当他想要让你去同情帝舵的死时，他不会破坏它原来想要给人的想法。乔叟让爱西特在他的爱中变得蛮横，进行不公平与不懈的追求。他会让他死得合情合理，对他的爱从不感到懊悔，因为那是他选择的人物。但是对于知道进程中的不公平并且放弃去帕拉门的埃米尔来说，奥维德会在这种情况下做什么呢？他一定会让爱思特在临终之时变得富有智慧。

乔叟在保持着自我思维的情况下选择了拒绝。尽管出发点相同，但他们都喜欢卢侃和奥维德。至于句式方面的运用，奥维德是优于别的诗人的，就算有时会出错，有时会突兀。但是正如强烈的感情总是稍纵即逝的，激情也是需要慎重而严肃地对待的，并且不允许有任何的儿戏。法国人对他有一个很高的评价。但是乔叟此人其实是很简单的，他很亲近自然和生活，而不是单纯地去"利用"身边的素材完成写作而已。所以我觉得最出色的还应该算是乔叟。

首先，因为乔叟是英国诗歌之父，因这一点我对他抱有同希腊学家霍默和罗马维吉尔同等程度的尊敬。他是那种能够给人一种好的感觉的人，他学习过几乎所有的科学，因此他在所有学科上都得心应手，正如他知道怎样去说话一样，他也知道何时运用实用的例证。几乎没有什么古代人可以像他这样，我想，或许维吉尔和贺瑞斯可以如他一般。后来之所以伟大的十四位诗人之一的尊贵名声消沉殆尽，就是因为他从不忘记任何以他自己的方式思考出来的想法。这里会有各种类别、各种充满品味的东西，整个金字塔形的果脯堆都是为孩子和妇女准备的，很少有针对男士的实物。这个主张不是说他想要任何的知识，而是辨别的能力，不是他想要证明对美丽的事物有洞察力，也不是要发现指责其他诗人的错误，但是只要当他沉浸在自己的写作盛宴中时，写作带来的变幻就可以让读者不会发现任何的错误。也是出于这个原因，他一直被认为是伟大的诗人，而非最好的作家。对于他的功绩来说，连续数年的工作使得他的著作堆积如山，就像罗德·罗切斯特所说的那样：不要选择他成为上帝，他真的承受不起。

无论何时何地，乔叟都坚持追随自然的态度。他从未想过无所畏惧地去超越它，他深知在个人与自然之间有很大的差别，如果我们相信卡图鲁斯，就像在谦逊的行为和无比的讨喜之间做出选择。乔叟的诗文，我承认，有一些对我们来说是相对不和谐的，但是他的口才应该得到肯定。他们与他生活在一起，在之后的一段时间里，他们竟然认为这是可以接受的，这出乎我们的判断。如果将里德盖特与高尔比较的话，就像他同时期的人，有非常令人怜爱的，也有非常自然、让人感觉愉悦的，可是这些人也并不全是完美的。对于这样一个常识，一定是可以让读者信服的。它是一件很容易去实现和发展的事情，包括那些无法言说的也是如此。我们只能说，可惜他生活在诗歌的初期，在那个什么都不完善、不成熟的时期。当然，在我们成为大人之前，我们也都是孩子，对吧？首先要说的是艾妮乌斯，以及在发展的后续出现的路利西斯和卢克莱修，他们都在维吉尔和何瑞德之前；在乔叟之后还有斯宾塞、费尔法克斯等人。他被雇佣在船上，被爱德华三世、理查德二世和亨利四世宠爱。我认为，他们几个都是这样的人。在理查德时代，我怀疑，普遍的叛乱都是有影响的，作为他的姐夫，也难怪他的命运是和他的家族紧密联系在一起的。他在亨利三世、四世的时候被罢免，并不是因为受赏识，而应该说是因为他是一个富有智慧并且英勇无比的贵族。我想说，伟大的政治家应该为在他的那个时代里出现了最伟大的智慧感到高兴，他们应该将其赞美。奥古斯都曾以他为例。他建议维吉尔和贺拉斯去赞美他。在他活着的时候，他自然是受欢迎的；而在他死后，他所留给后人的就显得更加弥足珍贵了。至于宗教诗人，他似乎对威克利夫有点偏见，具体表现在《农夫皮尔斯的故事》上。但我不责怪他在那个时代激烈地反对神职人员的恶行：他们的骄傲、他们的野心、他们的盛况、他们的贪婪、他们眼中世俗的利益，值得他去抨击他们。就是在《坎特伯雷故事集》中他也都没有放过他们。乔叟笔下的修道士、教会，都没有表现出正面的特征。一个讽刺诗人对坏祭司进行了声讨。我们仅仅关注着，我们是不是一齐被谴责裁定有罪或无罪。好的东西过了头也会变得不好，腐败的当然就是坏的。当一个牧师被鞭打时，他的声望也会在第一时间陨落在地。但如果他被证实是冤枉的，他的所有行动是遭到诽谤的，那么他的尊严则会保存下来。如果他违反了法律，那么他就成了诗人口中的危险之物。但他们会告诉我们，所有的讽刺语句，尽管从来没有摆在明面上，但带来的全是背地里的遭人蔑视。然后是英国的贵族，他们有时也会因为叛逆而遭到折磨。如果他们诋毁权贵是罪犯，那么他们就是犯了诽谤的罪行。他们只关心自己是否被诗人抨击，而不去关心他们所要做的。这时他们就会说：他们关注的是每个成员的荣誉。我可以更为深远地提出我的意见，我敢肯定这一性质所引起的纠纷已经成为有关英国国王和坎特伯雷大主教的恶作剧：一方面是支持他的土地法律以及其他拥有荣誉的教会；另一方面是部分高级教士被谋杀，并且在陛下的鞭打之后成为他赎罪的支柱。我必须说，我不会再给这样的牧师任何的机会，除非他是一个慈善的基督徒，这样我才能原谅他。到目前为止，我的不满并没有造成什么不对的迹象，我已经跟随着乔叟，将我自己的性格同这位神圣的人大胆地划起等号来。如果我要想适应以后的生活，这一主题就会给我增添不少的人生乐趣，同时我也将保留自己的权利。同时，在我离开乔叟之时，我学会了他身上的优点。我认为他一定是个最完美的综合体，因为他是一个真正的观察家。在《坎特伯雷故事集》里，他表现出了那个年代里英国所有民族的各式各样的利益取向和幽默。这不仅仅是一个单一的角色。他的所有崇拜者都可以各自区分成不同的国家来看，不仅从他们的爱好倾向里，还可以从他们的心理和样貌上进行区分。各种研讨会都没有很好地描述清楚他们的本质，而是需要通过诗人留给他们的标记才能了解到。他们的关于利益的故事，以及他们的讲述，都是为了适应他们不同的教育、幽默和欲望，他们中的每一个人都会分为以下几类：他们的论述都是符合自身的年龄、职业和社会地位的，他们仅仅是他们而已。有一些角色是罪恶的，有一些是善良的，有一些是被人认知的。即使是猥亵的话，从不同卑贱的角色中说出来也是不同的：城镇长官、磨坊主和厨师是几种不同的人，有各自的特点，还有装腔作势的女修道院院长以及巴斯那肥硕的、牙齿有缺口的妻子。但是通过这些，就像是在我面前出现各式各样的游戏一样，在我的决定中我是主宰者，而不是去他人的跟随者，这充分地证明，根据这些格言来看，这其实是上帝的旨意。我们的祖先指引着我们，他们在乔叟那里找到了证据。这些普通的角色也就这么被人们铭记。其实在英国，他们被叫作修道士、女修道院院长和修女。人类在某一方面总是不尽相同的。没有什么事情是可以违背自然的。但其实也有许多事情已经被更改了，我可以在司法的角度上背离自己的本意吗——我的敌人或对手可能并不存在，现在距离我被承认是一个好诗人已经相去甚远，他们不会允许我成为一个基督教徒或者一个品行端正的人。我可以离开，去通知我的读者我已经克制住了自己对于乔叟之诗的享受。如果我放缓语气去请求而不是去强硬地命令，里夫斯、米勒、西普曼曼斯特、萨姆那和巴斯的妻子，在他实际的序言里，即便他们是镇上的花花公子或者名媛，他们也会获得许多朋友和读者的支持。但是我不会选择再冒犯礼仪，我是明智的，我认为应当这样，对于我的那篇拙作，感谢公众理解。对于有关自然的任何事情，比如渎神这件事，实际上我也是浅尝辄止的，我离大胆地说出那些惊世骇俗的字眼还相距甚远。乔叟在他的完满的 26 卷书稿中，有进行道歉，薄伽丘也是这样，但是我不会在这点上追随他们。有位我们的同胞，在他这个角色的末期，在《坎特伯雷故事集》面前，用微笑的言语进行道歉，这在书中尚有提到：

第一次我祈祷你的恩惠，

那些被捕者还不够书写我的奸谋，

其实我明白地说明了经过

告诉你，她的 28 个字：

我尽可能准确地复述她的话，

和我一样，

在那个人之后，我不知道谁将会给我讲这个故事，

他预演着他曾经做的：

他负责的每段词，

他从没那么粗鲁地大肆宣扬。

他述说着他虚假的故事，

或是讲述着善的东西，或是创作新的篇章：

他可能不会吝惜，就像是他的兄弟，

他也同其他人说的一样。

基督徒说他自己在圣经前很富有。

同时，没有一丝一毫的奸谋之心。

主会选择谁可以得到他的劝告，

这所有的话，在兄弟姐妹间流传。

现在如果有人询问薄伽丘或者乔叟他们会怎样介绍这个角色的话，比如，下流的词汇怎么适当地从他们的嘴里说出来，听起来不会很下流，我知道这不会有答案。这样的故事也不应该告诉我。单单看乔叟的文章原稿的话，给人的感觉是让人无法理解的荒芜，而关于他这一生所经历的坎坷，也像是音节一样拼进了他所讲述的语句文章，不曾超过我们现在的英语范畴。

我也整理了许多关于乔叟的工作，关于我现在工作项目的描述有一点小问题，我发现一些人尝试把这些诗变成现代英语，因为他们认为那样会尊重我的付出，因此他们也会把乔叟看成是枯燥无味的、过时的，我还听说考利自己就有类似的观点，把这看成是对上帝的请求。我不敢抒发我的观点而反对这么伟大的作者，但是我认为他这样做注定失败。然而回到大众观点来说，考利也说不清自己的理论，因为他从没有深刻感受过。我承认，乔叟像是一块坚硬的金刚石，必须擦亮它才能让其发光。我不否认，他几乎没写过什么现代的诗，但就像有时重要的事情中难免会混杂着琐碎的东西，尽管有时这样，也有更多的、更好的作家超过乔叟，其实所谓成功，无非就是他们失败的积累。一个作家就算不能写出他的全部思想，但也要有个梗概成熟于胸。我没有受困于自己平庸的翻译，但经常会省略那些不重要的词句，有时，我会更进一步地探索其中的意思，我也会在一些原文中表达得晦涩的地方增加一些自己所理解的东西，我如此大胆，是因为我找到了其中的灵魂。我已经熟悉了它，这就像一首诗，一个年代，它带来的是不同以往的自由，这就像乔叟想表达的感受一样。举个这样的例子，你或许就会理解了——在帕勒门和阿赛特的故事中，你会发现在作家身上会体现出各种版本的戴安娜：戴恩看见我转向树后，我的意思不是说女神黛安，而是维纳斯的女儿，那个也被称为戴恩的人。这也是经过思考之后向你们解释的，我知道被改编后的这种感觉，达芙妮是河神珀纽斯的女儿，她被变成一棵树。我并不是说奥维德很会扯谎，我想说的是，他是不同于我的作者，因为我还没有理解他、读懂他，但经过其他的判断，我认为我应该尊重原著，不应该将自己模棱两可的东西也翻译成英文。出于相反的观点，并基于以前的语言，他们期望能有一个稳定的信仰，能够改变更多的渎神者。古老的话听起来有意义是因为它的久远，对于上古时代，我一直秉承着一颗尊重之心，但话说回来，也要取其精华弃其糟粕，话语不仅仅是一条因暴行就会轻易改变的界线，风俗是会慢慢改变的，旧的社会地位等级也会被废除。合理合法的事情一定是那些忠于最初制定的法律的，基于此种观点，是否可以认为语言的创新是源于争论、辩论呢？我想，争辩可能会使语言失去它原始的美。也许正是因为"失去才懂得珍惜"这种古老而简单的原因，争辩才从来不会被理解。我承认在语言灌输的过程中有丢失的现象，在所有的翻译中，符合翻译者感觉的部分会有所保留，其他的则可能会遗失殆尽，当它因遗落太多而缺乏理解时，还有多少人能说读懂它了呢？

　　如果通过牺牲自己的娱乐时间并且不求利益的方式会使它更加完美，我想我应该能接受这些，让读者们忽视我的存在，因为他们不需要与原文思路不同的存在，是因为它才能有我的成功，理解它的感觉和其中的诗意，当它的含义和感觉融入语言中，他们就能够理解，而我也将继续，并且敢于去进一步增加砝码，就像是赠人玫瑰手有余香。我可能更偏爱于我自己的决定，让读者们去判断，并且让读者们选择信服与接受，我认为我有机会向他们解释，因为他们理解它。总的来说，他们本该尊敬无比的那个人应该是他而不是我，我已经完成了翻译工作，大概在我的一生中这份经历令人难忘，至少这是对他的话的一种复原，翻译了它也使我变得更好，与此同时，我得承认我在翻译时已经这样做了。在翻译期间，它被翻译成现代法语，我那时已经知道它已经被翻译成普罗旺斯语过，事实的确是这样的，这使我想到命运，在特定的时期之后，当他身在英法两国之时，名誉和过去被重新评判，其实对他来说，这是一个绝好的机会，而我却不敢要求太多。

　　薄伽丘是最后一个被认为和他年龄相同、有着相同的天赋和相同的写作能力的人，两个人都写小说，同时他们都对母语精通至极，这两个著名作家在生活方式和冒险的方式上都有着惊人的相似，在这一点上，我只是蜻蜓点水般地略过了，因为我没有翻译过薄伽丘的文章。在诗歌方面，优势完全在乔叟那一方，因为英国人已经从意大利"借了"许多传说来。但是乔叟已经将从薄伽丘处舶来之物进行了纠正。当我不要求读者与我的思想保持一致时，思想就变得更加自由，表达也变得更加简单了。我们国家的人一直在负重竞赛，并以劣势赢得了比赛。我要做的是把对同一对象的两种想法同时展示出来，每个人都会在这两者之间做出选择。我最先选择翻译的是乔叟，在剩下的作品当中包括《巴斯妇的故事》（《巴斯妻子的故事》），在翻译前言的时候，我不太敢发挥自己的想法，我担心这太过于肆意妄为：乔叟讲的是一位出身卑微的老妇人嫁给了一个具有贵族血统的骑士，最后被抛弃的故事。在新婚之夜，当她躺在他的身边，发现他十分厌恶她，她便想尽办法去对他进行说教。老妇人告诉他，什么才是真正的男人，什么才算是高贵的绅士，告诉他贫穷和丑陋的种种好处、娶个丑女的诸多优越和娶个美妻的各种危险。最后老妇人让骑士做出选择：是要又老又丑的妻子，但换来的是对他永远的忠贞，永远地取悦于他；还是要又年轻又漂亮的妻子，但换来的是随时随地利用一切机会招蜂引蝶，给他戴绿帽子。骑士实在没有办法，一声叹息，无可奈何地对妻子说：你随便选吧，对我都是一样的，只要你高兴，我就高兴。这时妻子说：这就是说，选择权在我了，我可以依据自己的意愿来做决定。骑士说：当然了。于是妻子说：那我选择又漂亮又对你忠贞，我要不是世界上最漂亮、最忠贞的妻子，任由你发落，撩起帘子来看一看吧。骑士打开帘子，妻子果然倾国倾城。他激动无比地把她紧抱在怀中。从此只要能博取丈夫的满足和欢心，妻子就尽力而为。巴斯妇人的故事是这样结束的。当我认为已经竭尽全力接近乔叟的思想时，我发现自己又回到了奥维德的思想上来，此时也已全然忘记了《巴斯妇的故事》。当我重拾薄伽丘时，并没有注意到我已经更加注重人物的道德和美德，而非贵族的血统。举个例子来说吧——就是《西格斯蒙德的故事》，如果我没有记错的话，我是避免这两方面的一致的。如果他们认为我偏袒乔叟而非鄙薄薄伽丘的话，就让读者自己来衡量两者孰轻孰重吧。

相比于他的其他故事，我更欣赏我们国家的一些故事，《帕拉蒙与阿尔茜特》就是这一类的，可能相比《伊里亚特》或是《埃尼斯》来说还显得低了一个等级，但故事的情节比照两者来说更为有趣，形式也堪称完美，格式也更趋于诗歌的类型，可学习性之深、之广，包括艺术形式也较为完善。但是亚里士多德并不赞同故事情节的持续性，这样就很轻易地使得《帕拉蒙与阿尔茜特》狭隘化。我想更加敬重我们的民族，它的特点是极其特别的，故事也是英国化的，基本可以说是完全源于乔叟的，我并没有受薄伽丘的影响。随便看了一眼《第七日》的结尾，我发现了狄俄涅和弗拉梅塔所说的话。实际上这个故事与薄伽丘还算有些渊源的。故事的原作者早已无从记载，乔叟则变成了这个故事的作者。所以说，故事在流传的过程中会生发出不一样的光彩。除了这个传说，这里还有另一个他自己的发明，在普罗旺斯人的方法之后，命名花和树叶的方法，发现律法政治和道德原则都会使我特别高兴，以至于我不能阻止自己去听取读者的意见。

　　作为一篇序言的结尾，我不得不对其他人也保持公平，一小部分应归功于我自己。但是值得注意的是，这里有一些人写一些粗俗的话来攻击我。一个在这里的人，假装在其他人之中与我发生口角，说我曾十分堕落地违反祭祀的规则：如果我有过，我只会请求神父的宽恕。为了让他感到满意，他将不会强迫自己成为我的敌人。他的作品通过维吉尔之笔所进行的翻译回答了他对我的批评。对比我的译本，他最喜欢的是欧格雷布的译本：他在每一个欧格雷布下面都写下了他对此非常认同的观点：可能，你会说要做到这样是非常不容易的，但是有什么是做不到的呢？然而，当我和他同处一个时代的时候，我很满意，我并不会被认为是那个时代最坏的诗人。看起来我曾希望他写一些不好的言论来反对我，但是说实话，我没有收买他来为我服务，并且在他的小册子上我是完全无辜的。如果我说服他继续他的事业并且写一些其他的关于我的文章的评论，我会很高兴：因为我发现他能很好地感动读者，让他们激发出更好的观点。当他谴责我的任何一首诗的时候，他也会与我的读者发生冲突。他在我的诗歌上面会受到挫折，但是没有人会被说服站在他的一边。如果我来到教堂（跟他断言的一样，但是我从没考虑过），我会有很多想法，如果没有更多的恩泽，是不会把我从诽谤圣职的作家中解放出来的。但是他的有关我的礼仪和原则的记述与他对我的诗所挑剔的意见是一致的，由此我也是和他永远地拴在了一起。

作为一个城市诗人，或者说是一名骑士医生，我和他曾因为我是《押沙龙和亚希多弗》的作者而争吵。但是我会更谦恭地对待他的两首诗，因为没有东西比死亡更坏，因此他的阿瑟王就意味着和平。我只会说那不仅仅是一个高贵的骑士，而且还是一部关于阿瑟王的史诗。我可以少说一些克里尔先生的事，因为在很多方面他让我肩负着公平的重担。我曾经为所有思想的过错辩论过，并且也表达过我可以反驳淫秽不敬的观点。如果他是我的敌人，就让他取得胜利；如果他是我的朋友，我会在非私人的场合向他表达我的忏悔。我想证明的是，若要粉饰太平其实不难，并且我可以通过那些亵渎神明的话来证明他们没有犯罪。此外，他有很多的恶作剧，同时在战斗中，他也像一个独裁者。我不会说他很热情，但我可以确定那已经融入他良好的修养中了。有些人或许会有疑问，这些问题都集中在他的不拘小节上面：或许是他把古代和现代的戏剧当成垃圾。一个牧师会更好地缓解他们的痛苦，因而可能导致他缺少同情心地去了解他们。他们用诗歌来表达观点、抒发评论，或者说，如果没有霍勒斯、朱韦纳尔、马蒂亚等人去解释一些恶习，没有他们的翻译，现代的我们将不会理解个中种种，同时我们也不会对之前的时代做出公正的评价。

这是弗莱彻的剧本一个充满污秽的地方，被称为城市的风俗。在我的记忆中，这里经常有舞台表演。可以根据他们现在的状况来推断二十五年前是什么样的。如果是那样的，我很庆幸我们的道德准则已然被修改了。但是我对研究的事并没有成见，只不过是我放弃了抵抗：他们有他们自己的答案，并且不论他们还是我都认为科利尔先生是强大的，我们需要回避与他为敌。在某一天结束的时候，他失去了光辉，他的思想太过遥远，就像康德王子在瑟内夫的战斗：从无所不能到孤身一人。但是在正义面前我只能屈膝。至于剩下的那些写反对言论的人，苍天有眼，使他们获得应有的惩罚。

亨利·菲尔丁[①]〔英〕

《约瑟夫·安德鲁斯》序言（1742）
——散文体滑稽史诗

可能仅仅是因为英国读者与此卷作者在"传奇"文学上有着不同的观点，因此在接下来的内容中他们更期盼能够得到捧腹的快感。然而他们的愿望注定要落空，因为这种深埋在作品中的乐趣不曾被人们发掘，当然这不是读者们刻意而为之的事，而作者也没有这方

---

① 亨利·菲尔丁，18 世纪最杰出的英国小说家、戏剧家。1707 年 4 月 22 日生于英国萨默塞特郡的格拉斯顿伯里，1754 年 10 月 8 日在葡萄牙里斯本去世。18 世纪英国启蒙运动的代表人物之一，是英国第一个用完整的小说理论来从事创作的作家，被沃尔特·司各特称为"英国小说之父"。在《约瑟夫·安德鲁斯》《弃婴托姆·琼斯的故事》和《阿米莉亚》中，菲尔丁奠定了至 19 世纪末一直支配着英国小说的全面反映当代社会的现实主义传统。其中，散文体滑稽史诗《约瑟夫·安德鲁斯》的序言，就是一个绝佳的范本。他对文学的最大贡献是他创作的现实主义小说。菲尔丁和丹尼尔·笛福、塞缪尔·理查逊并称为英国现代小说的三大奠基人。

面的打算。古往今来，我还不记得在我们的语言里见过此方面文体的尝试，所以我感觉用如此少的语言来作序或许显得有些不太适合。

史诗与戏剧，被分为悲剧和喜剧。荷马首创了史诗这种体裁，他的创作亦是悲剧与喜剧的典范，然而后者却没有被我们传承下来。这种消失了的内容是亚里士多德告诉我们的，正如他对荷马的《伊利昂纪》的评说一样：此作品与悲剧、喜剧同样重要。正是因为我们遗失了喜剧的传承，因此现在的我们从古代先贤的作品中拿不出更多的作品来，喜剧如果能够得以幸存，我们可能就会发现更多喜剧的作家、作品以及演绎者、效仿者。

另外，此序同时包含了悲剧与喜剧的因素，我也就可以毫不顾忌地说它既是诗歌又是散文：虽然它需要一个属于史诗的构成因素，比如韵律，这种韵律是评论家在史诗的组成部分中列举出来的。但我依旧认为作品中如果包含了一定的寓意、情节、人物、情感，即便缺少韵律，它也应该被称作"史诗"，因为至少没有哪个评论家将其独立成说或是归为哪一类。

因此，康布雷大主教的《泰雷马克》，以及荷马的《奥德修斯》对我来说似乎都是属于同类史诗的范畴之内。事实上，将《泰雷马克》降到一些长篇传奇的等级未免让人产生困惑。其中包括《克蕾莉亚》《克娄帕特拉》《阿斯特莱娅》《卡珊德拉》《伟大的赛勒斯》等传奇，就我的理解来看，这些作品虽然篇幅磅礴，却几乎不具有任何指导意义或是娱乐意义，反倒与史诗齐名似乎显得不那么合乎常理。

如今，滑稽史诗也被称为散文体滑稽史诗，它有别于喜剧，就如严肃史诗有别于悲剧一般：因为散文体滑稽史诗的情节更为深入和广泛，它包含一个更大的范围，并引入了更多形形色色的人物。它不同于严肃史诗的地方在于其寓意和情节，在于它们一个严肃庄重而另一个却是轻松诙谐甚至荒诞。滑稽史诗在人物方面引进了一些地位低下的人，他们行为习惯粗俗，然而严肃史诗则在我们面前设置了最高的规范，就是去描绘那些崇高的英雄人物。最后是在情感和遣词造句方面，它保留了滑稽的成分而舍弃了崇高庄严的部分。在我看来，在用语方面，滑稽戏本身有时是被认可的，其中就有很多关于滑稽戏的例子在这部作品中发生，就像这样的戏份也会出现在对战斗过程的描述中一样，关于其他部分也加入了这种戏份的片段，我就不全部指明了。对于一流的读者来说，这些诙谐诗与滑稽戏的娱乐效果会被轻易地察觉到。

尽管滑稽史诗作家在言语中有时会采用诙谐的辞藻，有时也会把它们从作品的情感氛围和人物塑造中剔除掉，因为诙谐的措辞往往是在滑稽戏类型中自然而然地发生的，否则我们从不会说明使用诙谐措辞的作用，这并非我们故意要这样做的。事实上，没有哪两种文体形式可以比滑稽史诗和滑稽戏有更广泛的区别，因为后者更善于用"扭曲夸张"的视角去进行表达。如果我们仔细地审视这种表达方式，一定可以发现我们的乐趣总是由令人惊讶的荒诞而引发的，享受这种由高转低带来的荒谬，便是"反转"。然而滑稽史诗却仅仅限于对自然的效仿，将所有的乐趣以这种方式传达给明智的读者。也许，有一个原因可以解释为什么一个滑稽史诗作家是所有作家中最不需要找背离自然的借口之人，因为对于一个严谨的诗人来说，可能并不总是那么容易面临伟大而又令人钦佩的局面，但生活中却处处都为善于观察之人提供了荒谬的素材。

我已经表明了一些关于滑稽戏的主张，我也常常听到一些表演被冠以滑稽戏的名号，尤其是对于滑稽史诗来说，而这只是因为它们的作者有时在措辞中承认使用诙谐措辞而已。人们大都认为史诗的措辞就是它的外衣，就像人物的衣服可以体现他的性格（措辞是史诗的唯一，而服饰同样能表现人物的所有）一样，在粗俗的观念里，措辞甚至超过了任何要素。但可以肯定的是，滑稽史诗存在一定的诙谐风格，但人物和情感是完全自然无伪的。相形之下，没有比空洞浮华和饱含尊严的话语更能构成一部滑稽戏，在这里，其他的一切都是卑贱和低劣的，这种诙谐的风格可以把任何表演都称作真正的庄严。

在我看来，仅仅只有沙夫茨伯里伯爵对于纯滑稽戏的意见和我相一致，因为他断言"在前人的作品中是找不到这种文体的"。但也许我对这种文体的厌恶比其他人要少些：这并不是因为我在这个舞台上以这个方式取得了一些小小的成就，而是它能够比任何其他的形式更能让你们贡献出忘情的欢乐和笑声，而这种效果是其他方式所不能企及的。其对于内心健康来说，更是身心健康的治愈良药，也更有助于清除坏脾气、忧郁症和失落的情感，这也是一般人所没有想到的。不仅如此，我认为它更能吸引普通的读者。不管读者是否有幽默感和善心，只要坚持读两三个小时的滑稽史诗，都会乐在其中，相形之下，这可比悲剧或是苍白的演讲有趣得多。

或许我们可以通过另一个学科来了解滑稽史诗的特点，这门学科可以让我们更为清晰明了地看清这种区别。让我们用被意大利人称漫画的方式来检视一位滑稽的历史画家的作品，在这种方式中我们将发现历史画家的作品的最优秀之处在于它们对大自然最精准的描绘，就此程度而言，一个明智的头脑会拒绝任何荒诞不经的事情。画家拥有搞笑的特征，并且在漫画中使用了我们认可的所有夸张的表现手法。它的目的在于表现怪物而非人类，因此我们能够接受其中所有的夸大和扭曲。

既然我们可以把戏剧中的滑稽戏看作漫画，那么喜剧作家和画家也会以相同的方式联系起来。相比之下，就会观察到画家似乎和从前一样有着一定的优势，而作家也一样具有与生俱来的优势，两者彼此彼此：怪异更易于通过描绘来表现，而荒谬则更容易用书写来呈现。

也许写作的确不能像绘画一样给予人们最直接的感受，但我相信我们同样能从中获得更加有益的乐趣。在我眼里，就算把独具创新精神、如天才一般的贺加斯称为滑稽画家，也不能给他带来多大的荣誉：因为在画布上以荒诞的手法画一个有鼻子有眼的人或是以荒诞怪异的方式表达都是轻而易举的。但是要是在画布上表现人物的情感则是另外一回事，如果一个画家的画作栩栩如生，仿若有了生命，他定会备受追捧，如果还能让人们感觉到他的画作有思考的内容，那么他就会获得更多的褒扬。

但是话又说回来，正如我之前提到的那样，滑稽可笑的描述只出现在这部作品当中。如果一个读者知道作者是如何精心设计荒诞情节的，就不会认为作者的解释多此一举，即使是精于此的作者也不会这么做。因为对于这样的失误，难道我们就可以将所有的努力都归因为嘲弄黑暗邪恶吗？讥讽目前最可怕的灾难吗？有什么可以胜过一个作家荒谬的言行？谁能以嬉笑怒骂的方式来书写尼禄撕碎母亲肚子的故事？又有什么比将贫穷作为嘲讽的对象而更让人震惊的呢？读者不会愿意涉及过多这样的故事，以免让他们觉得这些故事都是在嘲讽他们，都是在述说发生在他们身上的事。

此外，让人费解的是，善于下定义、拟概念的亚里士多德也无法给出"荒诞"的具体含义。事实上，他评论道：荒诞适用于喜剧，可是荒诞并非只为描绘反面人物。即便如此，亚里士多德也没有说明"荒诞"究竟意味着什么。就连阿贝·贝列卡尔也无法明示究竟何为"荒诞"，即便他曾经探究过"荒诞"的起源并撰写过多篇文章进行阐述。

　　荒谬可笑的唯一来源（在我看来）是装腔作势。尽管荒诞主义只有一个源头，其分支却众多。如果我们寻根溯源，必感叹于它的浩荡无边。当前的装腔作势由两个原因造成：虚荣和虚伪，因为虚荣使我们为了赢取赞美而创造了反面的人物，虚伪则使我们借助美德的外衣来隐藏缺点从而竭力去避免被责难。我们经常会混淆两者，但是它们的确开始于截然不同的动机，所以它们在表现形式上是独特的：事实上来源于虚荣的装腔作势比起源于虚伪的装腔作势更加接近实际，因为它不需要努力去摆脱本性的罪恶，而因虚伪而起的装腔作势却需要。正如我们之前所说的一样，装腔作势并不完全否认假装的品格。因此即使装腔作势起源于虚伪，它可能更会结合欺骗手段。然而如果仅仅是虚荣引起的装腔作势，则会带有虚有其表的性质。比如说，一个爱慕虚荣的人故作大方时的表现必定明显有别于一个贪婪的人故作大方时的姿态。因为尽管爱慕虚荣的人实际并不像他自己表现出来的那样，人们也未必会认为他有如此的品格，这远不像在贪婪的人身上表现得那般拙劣，因为这种表现和他贪得无厌的本性截然相反。

　　给读者带来欢乐、惊喜的也就是荒诞主义的装腔作势，从更深层次上来讲，因为虚伪的装模作样比虚荣的装腔作势更能达到预想的效果，因此也更加可笑，因为当你发觉前者的实际情况与假装的完全相反，你甚至会大吃一惊，结果也就更加荒谬可笑。我可能会理解本·琼森的理论与做法，因为他是所有人中最能理解荒诞主义含义的人，也是最会善用虚伪的装腔作势的人。

　　现在仅仅就装腔作势而言，生活的不幸和灾难，或者大自然的不完美都可能成为被嘲弄的对象。然而，视丑陋、疾病和贫困为荒谬可笑的人本身就有着肮脏的思想，他可以冷眼旁观丑恶、虚弱和贫穷，就好像（他认为）它们本身就是可笑的。我也不会相信一个大活人认为曾经碰见了一个脏兮兮的家伙坐着二轮运货马车驶过街道滑稽可笑。但是如果他看见同一个人从四轮大马车上下来，或者是手臂夹着他的帽子下来，他就会开始自以为正派地笑起来。同样地，如果我们即将进入一间破败的房子，并且看到不幸的一家人在瑟瑟发抖、饥饿憔悴，这可能不会使我们发笑（如果我们看见此情此景时还能笑得出来，那一定是人本恶的性情在作祟）。但是如果我们发现了餐具柜上装饰有鲜花的空盘子或是精美的瓷器，或者是在这一家人服饰或家具装饰上表现出来的富有、华丽，他们却过着忍饥挨饿的生活，我们的发笑就确实可能被原谅，因为我们嘲弄的是如此不切实际的装模作样、矫揉造作。天生的缺陷或不完美很少成为嘲笑的对象，但是如果丑陋的人（或事物）想要人们称赞其美，或是跛腿的人竭力去表现他的行动敏捷，这样的事情可能起初会得到我们的同情，接下来就只能成为我们的笑料了。

正如有诗所云：颠倒众生并非奇事，矫揉造作才显滑稽。

如果诗的韵律能够从第一行就以"荒谬"的形式存在，诗歌的思想可能会表达得更为确切。我们憎恶的对象是一些无法掩盖的缺点以及我们所遗憾的那些过错，但是在我看来，"装腔作势"是表达"荒谬"的真正来源。

也许有人会反对我，因为我违反了自己的规则，把这世上的种种不堪与恶行都陈列其中。对于这个，我将作答如下：第一，努力去描述邪恶并保持自己本身的"出淤泥而不染"实属不易。第二，书中所表现出来的"恶"表面上是人的思维所致，其实却是源于人性的怯弱。第三，写"恶"的目的并非简单的嘲弄、讽刺，而是要引起人们对"恶"的痛恶与厌恶。第四，书中的人物并非效仿的榜样。最后，书中之"恶"并非"人本恶"，只是言不由衷、身不由己而已。

沃尔特·惠特曼①〔美〕

《草叶集》序言

　　美国不抵制过去，也不排斥在过去的各种形式下，或是以往的各种政治制度中，或社会等级观念里，或古老的宗教信仰中产生的东西，而是平静接受教训，耐心地坚持学习与生活息息相关的礼仪和文学。当提供其需求的生命已经变成新时势下的新生命，而腐肉仍然附在思想、行为、文学之上时，美国并不像人们想象的那样急躁不安。懂得尸体应该从饭厅和卧室慢慢地挪走，需要在室内多停留片刻，懂得它曾适合那个已成为过去的年代，它的基业已经传递

---

　　① 惠特曼（1819—1892），最早的美国诗人，出生在长岛，在布鲁克林的公立学校受教育，也是打印机学徒。作为一个青年，他在农村学校任教，后来去了纽约布鲁克林和新奥尔良。"草叶"出现在 1855 的第一个版本，随着前言在这里印刷。在战争期间，他在军人的医院里担任志愿护士，在医院关闭了后，在华盛顿他作为一名职员在政府服务，直到他死前，他仍然在写诗。

给了走到他跟前的那位强壮的继承者，而这位继承者将会是最适合这个时代的。

古往今来，无论任何时候，美国人的诗歌意识都可能是最饱满的。其实，美利坚本身就是一首伟大的诗。迄今为止的世界历史上，那些最宏伟、最生动的事物，比起合众国更宏伟、更生动的事物，似乎已经显得驯服而有规矩了。在人类的活动中，到现在为止，这里终于出现了与昼夜所传播的活动一致的东西。美国不仅是一个民族，而是由多个民族融合而成的生机勃勃的整体。这里涌现出了一种从必然不注重特点和细节的束缚中解脱出来了的事业，这种事业正浩浩荡荡地在在广大群众中进行。这里永远有一种象征英雄的慷慨精神。在这里，人们发自灵魂地喜爱粗犷之人和长着大胡子的人，还有辽阔、险峻和淡漠的气质。在美国，它的群众和团体不屑于那些繁文缛节、琐碎小事，他们以大无畏的精神努力推动着自己的前程，干劲十足，热情澎湃，以汹涌的气魄延伸，到处是一片欣欣向荣的景象。你看，只要地里长出庄稼，果园落下苹果，海湾里生产鱼虾，男人可以让妇女怀上孩子，它一定就拥有那一年四季的财富，永远也不会破产。

其他国家通过他们的代表来表现自己，但美国的天才们并不是在其行政或立法机构里，也不是大使、作家、大学教授、教会人员、上流人士，更不是新闻工作者或发明家，他们总是在最普通的人民之中。他们的举止、言语、穿着、友谊，他们清新爽朗的外表、率真的性格，他们那独特生动的淡定举止，他们坚持不懈地追求自由，他们憎恨一切不得体的、软弱的、吝啬的事物，一个州的公民受到的其他州的实际认可，他们被激起强烈的怨恨，他们对新奇事物的好奇心和欢迎，他们的自尊和强烈的同情心，他们对蔑视的敏感，他们面对上层人物所表现出的从容的心情，他们言语的流畅，他们在音乐中体会到的快乐，男子气概的柔情灵魂也以自然优雅的形式进行展示，他们的总统向他们脱帽表示的致敬——这些也都是不押韵的诗。它在等待与之相配的、恢弘大气的吟诵。

广袤的大自然和伟大的国度，如果没有相应的博大和慷慨的精神，就显得很畸形了。无论是大自然，还是富强的国家、街道、轮船、繁荣兴旺的商业和农场、金钱、学问，也许都不能使人的理想得到满足，也不能满足诗人，也没有什么回忆可以满足他们。一个充满生机的国家总是可以留下深刻的烙印，可以以最低的代价获得最高的权威，即从它自己的灵魂中实现。这就是对个人或国家、目前事业和辉煌成就，以及诗人的题材的有益使用的总和——似乎还有必要一代又一代追溯东方的历史呢！似乎那些可证明的美丽和神圣必定不及那些神话的美丽和神圣呢！似乎在任何年代，人类都能留下自己的烙印呢！似乎西方大陆的发现带来一切的新开端及发生在北美和南美的事情，还不如古代的小剧场和中世纪那漫无目的的梦游呢！美国的骄傲留下了城市的富庶和繁盛、商业和农业的所有收益、辽阔的地域和对外的胜利，欣然去培育那些完全成长了的、不可征服而又单纯的人。

美国诗人需要囊括新旧事物，因为美利坚是一个多民族的国家。作为一个吟游诗人，要与美利坚民族相称。对他来说，其他的大陆都能为他所用。他是为了它们，也是为了他自己而接待纳它们。他的精神与他的国家的精神相适应，他是这个国家的地理、生态以及湖泊与河流的化身。密苏里河、哥伦比亚河、俄亥俄河、瀑布密布的圣劳伦斯河、充满阳刚之气的哈德逊河、年年泛滥、水道曲折的密西西比河——它们流入海洋，更流入了他的心脏。那辽阔的蓝天，无论是弗吉尼亚州和马里兰州内海上的蓝天，是马萨诸塞和缅因州附近海域的蓝天，还是曼哈顿湾、张伯伦湖、伊利湖上的蓝天，还是安大略省和休伦湖和密歇根州及苏必利尔湖上的蓝天，还是在得克萨斯和墨西哥、佛罗里达和古巴的海域上的蓝天，又或是加利福尼亚和俄勒冈附近海上那片蓝天，都与下面那片湛蓝的海水相映衬，而他也与这碧海蓝天相连接。当大西洋海岸和太平洋海岸延伸时，他也同它们一起向北或向南伸展。同时他也从东到西横跨在它们之间，并且反映它们之间的所有。一些生命力顽强的生长物在他身上长出来了，它们赶得上那些松树、雪松、铁杉、槲树、三羊槐、栗树、柏树、山核桃树、菩提树、杨树、鹅掌楸、仙人掌、野葡萄树、罗望子树、柿子树等，它们交织在一起，仿佛和藤丛或沼泽里的缠结物，如同覆盖着透明的冰、被挂着啪啪作响的冰凌的森林，又像是山脉的侧面和顶峰，像无树的平原或高地或草原那样美丽而广阔的牧场，到处是飞翔、歌唱和尖叫的声音，与那些野鸽、啄木鸟、黄鹂、大鹬、浪鸭、红肩鹰、鱼鹰、白鹭、印度雌鸡、猫头鹰、水雉、牢狱鸟、杂色雄鸭、乌鸦、嘲鸫、秃鹰、夜鹭和鹰隼等相互应答着。对他来说，容貌来自于父母双方的馈赠，而进入到他内心的是真实的东西和过去及当下的事件的本质：有多种多样的气候、农业以及矿山，有土著人的红种部落，有进入新的港湾或停泊在充满岩石的海岸的饱经风霜的船，有北部或南部的第一批移民者，有灵敏矫健的身躯和肌肉，有一七七六年无情的反抗、战争、和平和宪法的制订，有经常被挑衅者包围但保持冷静和坚定的联邦，有不断涌入的移民、码头很多的城市和好的船只、未勘探过的内陆，有圆木房子和林中空地，野兽、猎人和捕猎者，还有自由贸易——渔业、捕鲸业和淘金业，不断地孕育新生的新州。每年召开的国会，准时从各个地方及最远的地区报到的议员，年轻教师和所有自由美国工人的高尚的品质，平凡的热情、友爱，事业心，男女之间的完全平等，强烈的爱欲，人口的自由流动，生产、贸易以及省力高效的机器设备，南北的互通有无，纽约消防队员和野外打靶，南方的种植园生活，东南部的、西北部的和西南部的特性，奴隶制及其胆小的护卫者，在奴隶制结束之前或在舌头停止说话和嘴唇停止运动以前，都会坚决反对奴隶制的势力。对于上述种种，美国诗人的表达将是超凡且新颖的。他们的表达将是非直接的、非叙述式的、非史诗式的。它的性质不仅贯穿于这些之中，而且涉及大得多的范围。让别的国家歌唱他们的时代和战争吧！让它们详细描述它们的纪元和品质吧！让它们如此这般结束它们的诗歌吧！但是共和国的伟大的赞美诗不是如此。在这里，诗歌的主题是兼具创造性和长远性的。在这里，在那些受人们钟爱的石匠中，出现了一个断然而科学地策划的人，他果断地在今天没有坚固之物的地方看见了未来牢固而又美丽的丰碑。

美利坚合众国这样的血脉中充满着诗意的国家，是最需要诗人的，而且必将拥有最伟大的诗人，并让他们的才能得到最大限度的发挥。这个国家真正的仲裁者不是总统而是诗人。伟大的诗人是整个人类中最稳定公平的人。事物不是在他身上时，而是在离开了他时才会变得怪异、偏执或反常。尺有所短，寸有所长，事物的好坏没有绝对。他以适当的比例恰当地赋予每个物体或每种质量。他是灵活的裁判，起着关键的作用。他使他的时代和国家相平衡，他为那些需要的人供应其所需，他制止那些需要制止的。如果是在和平年代，他便显示出和平的精神，即拥有广大的土地、富裕的生活、节俭的好习惯以及建设规模庞大和人口众多的城市，鼓励农业、艺术和商业——照亮对人类、灵魂、永生的研究——联邦、州或市政府，婚姻、健康、自由贸易、水陆交往，没有什么太近，也没有什么太远，星球的距离没有那么远。在战争时期，他是最凶狠的战斗力，谁要是征募了他，就是征募了骑兵和步兵，他会拿来专家们见过的最优良的大炮作为武器。如果时代变得怠惰而沉闷，他知道如何唤醒它，他所说的每一句话能为时代带来活力。在旧俗、恭顺或陈规的泥沼中，无论什么停滞了，他都绝不会停滞。恭敬顺从不能支配他，但他能支配恭敬顺从。他站在高不可及之处，打开一盏聚光灯，用手指扭动枢轴，他能轻易地追上并且包围那些最敏捷的奔跑者，并把他们击败。虽然随着时间的流逝，世界渐渐沦于背叛、阿谀和嘲弄，但他们仍然凭借自己坚定不移的信念屹立于世，他呈上自己的菜肴，他奉献出自己的美味而营养的肉食来强健人们的体魄。他有最杰出的头脑。他不是辩论家，而是裁判。他不像一个法官，而是像围绕在一个无助者身边的阳光。由于他看得最远，他有最坚定的信念。他的思想里包含着事物美德的灵魂。离开了他的立场来谈灵魂、永恒和上帝，他便保持沉默。在他看来，永恒并不像一出有头有尾的戏剧，他在人的身上看到永恒，他不把人看得如梦幻般那样虚无或微不足道。信念就是灵魂的防腐剂，它弥漫在人群中，保护着他们，他们从不放弃信念、期待和信任。一个无知者会蔑视并嘲笑一个高尚的、极具表现力的艺术天才，这显示了无知者难以形容的幼稚和混乱。诗人能确切地看出，一个并非大艺术家的人也可以像最伟大的艺术家那样神圣和完美。他随意运用毁灭或改造的能力，但从不运用攻击的力量。凡是能过去的终将过去。如果他不展示自己优越的典范并一步步地证明自己，他就不合乎需要了。伟大诗人的存在所要战胜的不是会谈、斗争或任何准备好的意图。他从那条路走过去了，你看他的背后，没有留下绝望、厌世、狡诈、排他、种族或肤色之耻和对地狱的幻灭或肯定的一丝痕迹。从那以后，不会有人因为无知、缺点或罪过而再受到批判。

在最伟大的诗人眼里，没有鸡毛蒜皮的琐事。如果他给曾经被认为微小的事物注入生命，那么它们就会壮大起来。他未卜先知，他独一无二，他是完整的。别人也同他一样优秀，然而只有他明白，别人却不知道。他不是合唱队中的一员，他从不会为了遵守任何规章制度而止步不前，他是掌管规章制度的人。视力对其他的事物起什么作用，他也起那种作用。谁知道视力难以理解的奥秘呢？其他的感官证实它们自己，但是这个感官除了它自己以外就没有任何其他证据了，而且它是精神世界的所有特性的先驱。它只要轻轻地一瞥，就能嘲笑人类的全部调查、世间所有的工具和书籍以及全部的推论。什么是不可思议的呢？什么是未必如此的呢？什么是不可能的或没有根据的或模糊不清的呢？你一张开那桃核大小的眼睛，看看或远或近的，看看日落，都能将所有事物迅速、温柔又及时地纳入眼底，没有任何混乱、推撞和堵塞。

陆地、海洋、动物、鱼类、禽鸟、天空、星辰、树木、山岳和河流，这些都不是微末的主题，但是人民期待诗人去表明的不仅仅是这些事物的美丽和尊贵，他们期待诗人指出在现实与他们的灵魂之间的路径。人们对于美的察觉已足够好了，也许和诗人一样好了。猎人、樵夫、早起者以及菜园、果园和田地的耕种者们的热情和韧性，健康的妇女对刚强的体态和航海者、赶马人的爱慕，对阳光和野外的激情，这些都是长期生活在户外的人们对美的无穷感知以及他们身上充满诗情画意的各种各样的体现。他们从不需要靠诗人的帮助去感知（高雅优美），有的人也许想要这样，但他们做不到。诗的特性不在于韵律的安排、形式的统一或对事物的抽象的表达，也不在于感伤的抱怨或有益的箴言，而在于所有这些和其他内容的生命，它们都存在于灵魂之中。押韵的益处是它为更甜美丰富的韵律降落了一个种子，而形式的好处是它将自己传达到土地那视野所不能及的根里。完美的诗歌形式应允许韵律的自由发展，应准确而松散地结出紫丁香和玫瑰般的花蕾，形状像栗子、柑橘、甜瓜、梨子那样紧凑，并且散发出无形的香气。最好的诗歌、音乐、公开演说或背诵的流利性和修饰都不是独立的，而是依赖于他物的。所有的美丽都源于美丽的血液和美丽的大脑。如果这两种不凡之处结合在一个男人或女人身上并同时体现出来，那就足够了。全宇宙都认同这个事实，但插科打诨和虚饰即使一百万年也不会被接受。过于费神纠结于装饰和流畅的人是误入歧途了。你应该做的是：热爱万物，轻视财富，对需要帮助的人施以援手，包容愚人和疯子，憎恶土豪劣绅，有耐心和宽容对人，对上帝虔诚，不向已知或未知的任何人或一群人卑躬屈膝，去与未受过教育的人自由地相处，在你生命的每时每刻细细品读这些片段，审视你所被告知的在学校、教堂、书上得来的一切知识，丢弃任何侮辱你自己的灵魂的东西，那么你自身就会成为一首伟大的诗，不仅在语言里，而且在你的唇和脸的静默的线条里，在你每次眨眼间，你的运动和关节间都具有了最完美的流畅性。诗人不应把他的时间花费在不必要的工作上。他知道土地总是松好了土并施好了肥的，随时可以耕种，别人可能不知道但他必须知道。他的坚定的信念应该去统率他所接触的每件事物的信念及一切情感。

在已知的宇宙中若存在着一个完整的爱人，那就是最伟大的诗人。他消耗着永恒的热情，不考虑会碰到什么样的机遇或可能发生什么幸福或不幸的意外，并且坚持每天每时付出的珍贵代价。那些阻碍和打击旁人的东西反而能激励他前进并给他带来无上的快乐。别人接受乐趣的容量在他面前微小得几乎要等于零了。迎接黎明的曙光，观赏冬日的树林或孩子们的嬉戏，他环绕上他或她的脖颈。他的爱最重要的是休闲和广阔——他离开房间里的自己。他不是一个优柔寡断或可疑的爱人，他是可靠的，他瞧不起若即若离。他的如阵雨般刺激的经历不是徒然的。没有什么能使他感到震惊，苦难和黑暗不能，死亡与恐惧也不能。对他来说，抱怨、嫉妒和羡慕是埋在地底的腐烂的尸体，他看见它们被埋葬。像大海相信海岸，海岸相信大海一样，他深信他的爱和所有的美好都会有结果。

美的结果不是偶然的，它像生命一样必然发生，像地心引力般确切且绝对。它像是一种注视的目光、一种长久的听觉、一种绵绵不断的声音，永远对人类与事物之间的和谐感到惊奇。不仅那些被假定代表其他人的代表们能够懂得并感受到它的存在，那些其他人的身上也有美和善的影子。他们都懂得生活中美和善的法则，懂得它的完成对于每一件事物来说都是为它自己并且从它自己的方向向前发展，懂得它是很大度且无私的，懂得无论在白天还是在黑夜里的每一分钟，是在大地上的每一寸水或每一寸面积上，它都无所不在——整个宇宙、人间的每一个行业、时势的变迁，都有它的存在。这就是关于美的表现有精确和平均的理由，不需要让一个部分高于另一个部分。最好的歌唱家并不一定是声音最好的人，诗歌的愉悦也并不是那些采用漂亮的韵律、比喻和音效的作品。

最伟大的诗人毫不费力就能让一切事情、感情、景色、人物多多少少地在你听它们或阅读它们时影响到你的性格。要很好地做到这一点，就意味着要努力掌握那些时代前进的规律。一定要明确这样做的目的和方法，其中最好的也是最清楚的方法就是时刻地暗示自己，过去、现在和未来是连接在一起的。最伟大的诗人使将要发生的和已经发生的与现在正在发生的事物连接在一起。他把死者从他们的棺材里拖出来，让他们重新站起来。他对过往的事物说：站起来，在我面前走走，好让我知道你。他接受教训，他存在于未来转化为今天的地方。最伟大的诗人不仅仅以其人格魅力影响他人的性格、感情和事物的情景，并且最后要使其提高，他把那些谁也不明白其作用的东西表达出来，但他只在那最后的时候看着。他在表现那最后一次隐约的微笑或愁容时是最精彩的，这临别时的表情会使每一个目击者事后多年仍受到鼓励或担心。最好的诗人并不作道德的讲说或运用道德，他了解灵魂。灵魂有着只接受自我检讨却不接受他人批评的自豪感。但是灵魂也有着像自豪感一样存在的同情心，它们保持平衡，它们在一起相伴，不离不弃。艺术最深的秘密与这两者睡在一起。最好的诗人紧紧地躺在二者之间，它们在他的风格和思想中是重要的。

艺术的艺术、表达的光华和文字的绚丽在于质朴。没有什么比质朴更好的了，其他任何表达方法和质朴相比都不能算是好的表现手段。能将每个题目都说清楚的本领并非罕见，但是在文学中，表达时能像在森林中的动物一样，活动自如又自然，还能与周围的花草和谐地在一起，那才是艺术的完美的成就。如果你见过一位有这样成就的人，那你就见过了自古以来最好的艺术家之一。你会满意地注视着、想着他，就像看着海湾里飞翔的灰色海鸥、俊美的纯种马、高高的歪着脖子的向日葵、在天上运行的太阳和跟在它后面的月亮那样。最伟大的诗人所特有的不是一种鲜明的风格，而是一种对思想和事物的恰如其分的理解，同时这种理解也能让他自己感受到自由。他向他的艺术宣誓：我不愿多管任何事，我也不高兴让我的写作中有繁琐、深奥的东西存在，像是帷幕一样把我和我的观众拉远，我不要任何东西挡在中间，哪怕是最华丽的帘子。我要精确地说明我所说的那些东西的实质。让别人去吹嘘、去震惊、去迷惑或安抚吧，我有着像健康、温度或冰雪一样的目的，不考虑别人的意见。我将把我所体验或描绘的东西从我的笔尖不带修饰痕迹地表达出来。你要同我一起向其实质中看去。

有血性和纯洁的素养的大诗人们将由他们的从容自在来证明。一个无畏的人会放松地走过和走出不适合他的风格、先例或权威。

那些作家、学者、音乐家、发明家和艺术家的兄弟关系的特性中，没有什么比前进的新的自由形式的无声的挑战更好的了。在需要诗歌、哲学、政治、机制、科学、行为、工艺、一种适当的本国大歌剧、造船业或任何工艺的时候，他永远能提出最具独创性的实例。最简洁的表达就是发现没有能实现自己的价值的领域，开放创新的领域并实现自己。伟大的诗人给每个男人和女人的信息是：用平等的身份到我们这儿来，只有这样你才能了解我们，我们并不比你好，我们所能围绕的你也能围绕，我们所能享有的你也能享有。你认为只能有一个上帝么？我们肯定有无数个上帝，而且一个并不与另一个相抵消，就像一种眼力并不抵消另一种一样，并且那时人们会变得很好或者极重要。你认为宏伟的风暴、肢解、最致命的战争、破坏、自然最疯狂的暴怒、海洋的力量、大自然的运动和人类的渴望、尊严、仇恨与爱的剧痛都在哪里呢？据说灵魂中的某些事情在说：愤怒吧，旋转吧，我到处扮演主人，天空痉挛和海洋破碎的主人，自然、激情、死亡、所有的恐怖和所有的痛苦的主人。

美国吟游诗人用慷慨和喜爱来鼓励竞争对手。他必须千变万化，没有垄断和秘密，乐于将所有传递给其他任何人，每天都渴望对手。他们不会注意财富和特权，他们就是财富和特权，他们会察觉谁是最富裕的人。最富裕的人就是面对所有他看到的等同物时更强大地展示他自己的财富。美国吟游诗人不应该专门去描绘一个劣等的人，也不应该主要地描绘爱或者真理，或者灵魂，或者身体，不应该重视东部各州甚于西部各州，或重视北方甚于南方。

精密科学和实践运动对于最伟大的诗人而言，不是束缚，而是对他的鼓励和支持。那里是始发点和充满回忆的地方。那里有最先将他高举并拥护他的双臂。那里是他在经历风风雨雨后最终要回到的地方。水手、旅行者、解剖学家、化学家、天文学家、地理学家、骨相学家、牧师、数学家、历史学家和词典编纂者不是诗人，但他们是诗人的立法者，他们的建树是每一首完美的诗的结构的基础。无论什么出现或被表达出来，都是因为他们给送来了概念的种子。灵魂的看得见的凭证来自于他们，并且站在他们身边。各种各样的强健的诗人永远只能从他们的精液中产生出来。如果父亲和儿子之间有爱和满足，如果儿子的伟大来自父亲的伟大，那么诗人与真正的科学家之间也必然有爱。诗的美中包含着科学的繁荣和赞赏。保证有丰富的知识和对事物的深刻思考是重要的。诗人的灵魂膨胀起来，但它永远能支配自己。深渊是无法测量的，所以是平静的。天真状态恢复了，它们不谦卑也不鲁莽。那种关于特殊与超越自然和所有纠缠或从中引申出来的东西的整个理论都像梦一般消失了。以前发生过的、现在发生的和可能或必然要发生的，所有都逃不了那些重要的根本法则。它们适用于任何情况和一切情况，不会加快也不会放慢。任何事物或人物的奇迹在庞大而清晰的设计中是不能承认的，而那里的每一个动作、每一片草叶、男人和女人的身体和精神及与他们有关的所有，都是完美的、相互关联的、有特性的奇迹。而且，要承认在已知的宇宙中有什么比男人和女人更神圣的事物，这也是与灵魂的实际情况相悖的。

尘世间的一切生物，都需要从事实出发，并且对于他们曾经、现在和未来的研究也绝对不可以停止，要十分公平地完成。在这个完成的同时，哲学家们也在思考着，他们始终面对诗人，始终注视着所有向往永远幸福的趋向，这些趋向和各种听到的、看到的、感觉到的与灵魂所感觉的东西一直都是一样的。因为只有那些憧憬幸福的永远趋向能证实那些聪明的哲学理论。不能完全做到这一点的，不能够与光和星球运动的规律有着同样的作用，可能比不上那些与坑蒙拐骗之人相合适的法则，可能比不上时间的漫长之路、地壳加厚、逐渐形成隆起的小山——这所有的一切都不值得我们去关注。假如将上帝写进一首诗中或一个哲学的规律中来与某个存在物或某种力量相抗衡，同样不值得重视。聪明与完整性是优秀大师应该具有的特点，如果在一件事情上毁坏了，那就全部都毁坏了。优秀的大家与身边的奇迹有关系。因为他是普通人中的一员，所以也变得健康起来。在他优秀的时候，他才能看到自己的缺点。简单的基础逐渐发展到完美的形式。能够顺从一个法则是非常好的，这就是适应性。优秀的人知道这样是非常好的，知道所有事情都是非常优秀且顺其自然的，觉得没什么，也不太在乎。

在一些优秀的人身上，思想的自由和独立是必需的。只要有人类存在的地方，自由就是被伟大的人所信奉的，但诗人从来都是比别的任何人都更加支持和欢迎自由的，诗人是自由的提倡者。他们是从古至今符合这个称呼的人，自由已经被授予给诗人了，诗人们需要去保护它。对于诗人来说，没有什么比自由更重要的了，没有任何东西可以诋毁它。优秀的诗人们鼓励低阶层的人去信奉自由，来压制君主。诗人们的举手投足，都对君主充满了恐吓，给低阶层的人们带来了希望。你只要接近优秀的诗人们，尽管他们没说太多，你都能学到一堂有益的关于美国的课。那些心地善良却屡战屡败的人，或者是太过自大的人，或者是太过势力、太过胆小的人，都不可能是自由的忠实信仰者，自由是靠自己去慢慢体会的，不去承诺任何事情，安静地坐着思考，积极生活，自然安逸，从不低沉。战争依然在进行着，时进时退，如果敌人打败了我们，那么就是各种的酷刑，在执行时他们觉得是理所应当的事情。正义沉睡了，被卡在咽喉处，年轻的人相遇时都不敢直视对方，难道他们是失去了自由吗？当然不是。自由永远都不会是第一个要求退出的，它永远会坚持到最后。当曾经的荣誉都已经消失的时候，当那些热爱祖国的人不被人们所承认的时候，当大家被谣言弄得不再相信他们是爱国者的时候，当新生儿不再以英雄命名而以暴君命名的时候，当人们不再同意自由者的观点而是觉得暴徒的观点正确的时候，当我们去到其他的国家，看到同胞们以平等的友谊对待我们，不叫任何人主人却对他们感到同情的时候，当我们看到被奴役的人民而感到十分欣喜的时候，当深夜里暗自用心灵进行思考的时候，当他们把一个善良的人经过熏陶变成一个神志不清、不分善恶的人的时候，当各个地区那些能够真正发扬美国精神却没有不反对北方的奴隶制度的南方人、阴险狡诈的政客、希望在政府等相关机构得到捷径的人，他们无论有没有名分可能都会得到人们的爱戴，当你宁肯成为一个坐在办公室拿着高薪的傻瓜、无赖，而不愿意做一个有自由却没有固定工资的机械修理工或者是一个可以不摘下帽子却心胸坦荡的农民的时候，当某个政府的机关可以以或大或小的规模奴役人民，却不会因这罪行而得到应有的惩罚的时候，或者更直接地说，当地球上所有生物都被清理的时候，那时候可能自由才会从世界上消失。

全世界的诗人们的热情都沉浸于对自由的渴望和热爱中，所以他们的诗的真实性高于一切其他的小说，在他们通过写诗进行自我的真情流露的时候，白天变得更加光明，夜晚也因此变得更加幽暗深邃。每一个真实存在的物体都会因此有了属于它自己的美感。算数方法表现出它的美，老年人也因此而变得更加美丽，做木工的行业也因此变得美丽起来，歌剧也变得更加美丽起来，在大海上也有那美丽的纽约号在辉煌地驰骋着，美国所有高层政府也闪烁着美丽的光芒，那些简单而美丽的拥有奋斗目标的人也变得美丽起来。诗人们打破所有的束缚和不平等的条约。他们是非常有价值的人，他们在对自由的追逐中消除了贫穷，打破了自满，赢得了财富。他们这样说：你作为领导人，永远都不知道什么叫作贫穷。图书馆的所有人不是为了图书馆的所有权而去经营那个图书馆。所有的人都是图书馆的主人，同样阅读过各种不同风格、不同条件的人，但是他们自由地穿梭于其中，努力地去奋斗，去得到一个充实的结果。当诗人们的品质进入到真实的肉体和灵魂以及对事物的乐趣时，他们真真切切超过所有的小说和浪漫的故事。当他们沐浴在阳光下，日光照亮了更多的事实，在日出和日落之间的幽暗也要加深很多。每一个精确的对象、条件、组合或过程中都表现出一种美——乘法表的美丽，年老的美丽，手艺好的木匠显现的美丽，大歌剧的美丽，在海上扬帆闪耀着无与伦比的纽约帆船的美丽，在美国各界和政府协调上也有美的存在……那些最普通而明确的意图和行动也同样有美的存在。宇宙的诗人们预先通过所有介入的覆盖物、混乱及战略向最初的原则出发。它们的使用是有用的。他们从必要性，并从其需要和财富来帮助他们消除贫困，从自己满足的状态中消耗他们的财富。他们说，你是大老板，或者感觉比任何其他人都不会多。图书馆的主人是否就拥有合法权利，只因为他买了它。任何一个进入图书馆的人都是可以阅读相同的语言、题材和风格的所有品种的主人，它们可以轻松地进入人们的心中，在那里获得柔软、强大和丰富的力量。

在美国各州，强大而又健康的、不以破坏自然环境模型的行为是快乐的，违反自然环境的行为也是不被允许的。在矿物、木板画、装饰或雕刻中，或在报纸和书籍里插图中，或在任何的喜剧或悲剧的打印纸里，或在编织的东西、任何美化居室、家具、服饰图案中，或在放在船头或船尾的飞檐上，或纪念碑里，或摆在人们眼前和室内室外的任何地方中，如果扭曲了真实的形状，或造成人、地方或突发事件，就是一种滋扰和反抗。人类的形体是如此伟大而又绝不荒谬。对于一件饰品，没有什么是可以让我们改变的，但是这些饰品符合自然的事实，以及无法抑制饰品本身的完整性所必需的装饰是被允许的。大多数美丽的作品是无装饰的，夸张会在人类生理上受到报复。干净的、充满活力的孩子是在自然形式的社区公共模型的每一天中产生的，伟大的天才和这些国家的人民必须不会堕落到浪漫的爱情之中。历史正确地告诉他不需要更多的浪漫和修饰。

伟大的诗人，他们的诗作是没有所谓的完美的，但诗人本身光明正大的言行是人们所尊敬的。然后人们的大脑跨越回新的爽朗的欢乐和高尚的声音之中：坦率是多么的美丽！因为完美的坦率，人们的所有的缺点都可以被原谅。今后，不要让任何人对我们撒谎，我们已经看到，坦率赢得所有的世界，没有一个例外。通过富有的一个国家或整个共和国来看，一个说谎或狡猾的人会被发现和鄙视，灵魂不会被愚弄。也永远不会被愚弄，从来没有在任何大洲，也没有在任何行星、卫星，也不会在小行星，也不会在太空的一部分，也不在密度之中，也不会在海的流动下，也不在婴儿出生之前，也不在任何时候的生活的变化中，也不在我们所谓的死亡之后，或者是任何生命的中止或活动时期，也不在任何地方的形成过程或改革之中。

格外小心或谨慎，最合理的健康本能，妇女、儿童的强烈希望和喜爱，破坏性和因果关系，是与自然统一的完美感，同样的精神应用到人类事务中是恰当的。这些被称为世界上最伟大的诗人从母亲的子宫里诞生出来时所获得的要素。谨慎很少远远不够。如果一个谨慎的公民致力于实际上的利益，很会为自己及他的家人考虑有无债务，过着合法公民的生活。最伟大的诗人看见了并承认这些经济体，就好像看到了食物和睡眠的经济体，那样，他就会对谨慎有较高的概念，比如他认为非常谨慎的时候，他轻微地关注一下大门的门锁时就不会认为他是立了大功了。生命谨慎的前提不是它的热情好客或它的成熟和收获。除了单独搁置安葬费的一小笔费用和几个围在四周的隔板的开销以及一年的普通衣服和饭菜的费用之外，作为这样一个伟大的被遗弃的忧郁的谨慎的人，必须经历炎热的天、冰冷的夜以及令人窒息的诡计和卑劣，或无所谓殡仪馆的小事，或别人饿肚子时折磨别人而大吃大喝，或地球的气味和绽放的花草的气氛和海的传递，或在青年时必须做的，或妇女和男子的本质的全部损失并引发疾病和绝望的反抗，以及一个天真的生活的宁静和庄严和死亡的可怕的喋喋不休，是对深谋远虑的现代文明的大骗局，是污点表面和制度文明不可否认的草稿，并用泪水滋润灵魂的吻传播和舒展开原本的样子。

但是关于谨慎，正确的解释仍然没有完成，这仅仅是财富、最尊敬的生命、尊严上的谨慎。在那些或大或小的人一想起还有适于不朽的谨慎的思想时都回避的情况下，就显得很微弱而不能引起凡人眼睛的观察。什么是智慧，填补了一年或七十年或八十年间距的年龄，强劲并且丰厚，参加婚礼的宾客有着清晰的面孔，就可以在一定时间看到每一个方向宾客的面孔，这像兴高采烈的你吗？只有灵魂本身指的是一切，所有的人认为是结果。一个男人或女人的举动可以影响他或她，在一天或一个月或某个阶段或死亡的那一刻会影响他或她前进，然后间接地影响任何部分。间接总是直接的另一面，伟大而又真实。精神从身体出来，传递给身体的是一样的。没有一种言语或行为的名字，不是性病溃疡，没有隐私的手淫，不是腐败静脉或干涸血液，不挪用公款或狡猾、背叛、谋杀，没有毒品去勾引女人，不是女人愚蠢的不屈服，卖淫，年轻人的任何堕落这意味着不是实现增益，没有污秽食欲，严厉的军官人或法官对囚犯、父亲对儿子或儿子对父亲或丈夫对妻子或老板对自己的孩子的严厉的行为，不贪婪的表情或恶性的愿望，也没有任何的诡计练习，并且正式进一步在其中实现，他们又再一次地回来了，慈善机构或个人的力量也不能推动智慧，永远不在深刻的探究其原因，添加或减去或将是徒劳的。小的或大的，知道或不知道，黑人或白人，合法或非法的，生病或健康，从最初的灵魂到最后期限，所有的男性或女性都是充满活力和仁慈的，在宇宙永远不可动摇的范围中，对他或她是有利的。如果野蛮人或罪犯是明智的，如果伟大的诗人或学者是明智的，如果总统和首席大法官同样聪明，如果年轻的技工或农民没有更多或更少的聪明，如果妓女是聪明的，那么也没有什么不同。回报将回到现在。所有最好都行动起来，战争与和平，给予亲人、陌生人、可怜的老人、悲伤的孩子、寡妇和病人帮助，所有的人都被变成奴隶，逃避所有的自我否定，站在稳定而冷漠的残骸上，看着别人坐上救生艇，原因是座位都提供给物质好或生活好的人，或为朋友着想或提供意见的缘故，所有邻居嘲笑他们的伤痛爱好者、所有甜蜜的爱情和母亲珍贵的痛苦，所有困惑中正直的人或无冲突的为数不多的古代民族生活的片段，我们继承成百上千的力量，更古老的国家不为我们所知的名字或日期或地点的好的开始，无论成功或失败，神圣的或用他的伟大的双手塑造所有是好的想法或在全球的表面的任何部分，我们在任何的流星或那些固定的恒星形成好的想法，或你是如何诞生的，或者是今后将要被你们或任何人很好地设想或完成的——所有这些，各自和全部地在它们当时或今天或今后都适用于它们所从中产生或将要产生的那些本体——你猜他们任何人只活了他的时刻吗？世界不是这样存在的，没有明显部分或长时间的无形存在，现在存在的问题是没有结果来自它的先行者。最值得一提的地方是，这样追溯下去，就不能说这个发展中的哪一点比另一点更接近其开端，无论是否满足灵魂的真相。最伟大的诗人在谨慎的渴望和灵魂的渴望中找到最后答案，并不是从轻蔑不谨慎的方式，而是是否符合它的方式，不允许让自己或者在任何情况下，都把生与死视为什么都没有的特别的安息日或审判日。

如果他不淹没在自己现在的年龄里和广阔的海洋潮汐中，如果他不能吸引他的国家的身体，将无尽的爱缠在它的脖子上，把自己犹太人的肌肉变成它的优点和缺点……如果他不把自己的时代理想化……如果他的永恒没有打开，给所有的时间和地点和流程，有生命的和无生命的一样的形式，这是时间的债券，今天的游泳形态从它的模糊性和无限性中上升，是举行生命的韧性锚，应将目前的点变得能通过过去和未来，致力于这一小时的波浪，这一个波浪的六十个美丽的孩子，让他融入一般运行中等待他的发展。

诗歌或是任何字符或是工作的最终测试，有先见之明的诗人能使自己成为预测未来几个世纪，预测时间变化后的法官。它们能通过这些？它仍然能不知疲倦地坚持？将相同的风格和相同的文采作为理想的方向？没有新的科学发现或到达思考、判断和行为的更高层，能使他像飞机被人看不见？有几十甚至数百和数千年的时间，为了他愿意向右、向左摆手？在他被埋葬后很久很久还会被爱？年轻的男人也常想到他？年轻的女人经常想起他？中年人和老年人都想着他？

一首伟大的诗是很多很多个时代所共用的，是所有阶层、所有民族、所有部门和所有教派共有的，是所有女人和男人共有的。一首伟大的诗并没有结束一个男人或女人，而是一个开端。是否有人幻想，有一天他能坐在应得的权威上，满意于一些现实的解释，并且觉得愉快而充实？伟大的诗人不会走到这样的终点，他既不会停止也不会安于舒适。他的灵巧表现在行动中。把确信的坚定的控制力带到前所未有的领域的人，从此以后不眠不休，他把看到的空间和不可言喻的光泽，当成是有旧的斑点和光泽的死的真空吸尘器。

他的同伴把看到的进步和学习当成一个意义。年老的鼓励年轻人并且告诉他该如何做，他们也将无畏地在一起，直到新的世界固定一条适合自己的轨道，然后镇定地看着那些星星中较小的轨道，并迅速掠过那些绵延不绝的圈子，永远不再安静。

不久将没有更多的牧师。他们的工作已经完成。他们可能会等待一段时间，也许一代或两代人便逐渐衰落。上级应采纳他们地方的宇宙和先知，集体将取代他们的位置。一种新的秩序将出现，他们将人的祭司和自己的牧师区别开。根据他们的愤怒建造的教堂应为男性和女性的教会。通过自己的神性将宇宙和诗人的新灵魂对男性和女性的所有事件和事物做解释。他们应当在现在、过去和未来的症状中找到自己的灵感，他们不会屈服，并将捍卫不朽的信念、事物和自由，或精致美观的灵魂及现实的完美。它们将出现在美国，并得到来自地球的其余部分的回应。

英语是乐于表现一个伟大的合众国的。它足够强健、足够灵活而且足够丰富。它生长在这个历经各种环境变化但从不缺乏政治自由思想（它是一切的主导）的民族的粗壮的枝干上，吸收了更加优雅、更加快乐、更加微妙、更加优美的语言中的词汇。它是有抵抗力的强大语言，是一种大白话。它是那些骄傲的、忧郁的种族和所有壮士的语言。它能表达信仰、增长、自尊、自由、公正、平等、友好、审慎决策和勇气。它是表达不可缺少的语言工具。

没有任何伟大的文学作品，也没有任何类似行为：演讲、社交、家庭安排、公共机构、雇员的老板的处理方式，也不执行细节、陆军和海军，也没有立法精神、法院、警察、学费、建筑、歌及娱乐或年轻人的服装，可以躲避美国标准的忧心忡忡和富于热情的本能。不管这种迹象是否无规则地出现在人们的口中，它总是在每个自由人的心中激起一个疑问：它是与我们的国家一致的吗？它否适合这些一直都在发展壮大的、由兄弟姐妹和爱人组成的公社，比旧模式更生机蓬勃，比所有的模型更丰富？是不是它的诞生就是为了供我如今使用呢？适合我这样一个美国人的东西是否会适合其他个体或国家？又或者是没有普遍需要的？或者它只适合特殊的、欠发达社会的需要？又或者只是适合现代科学或社会形态覆盖的愉悦而古老的需求？这是否表示言论的绝对自由？是否应为废除奴隶制而不惜牺牲生命？这将有助于生育一个健壮的男人，并生一个能成为他完美的和独立的伴侣的女人？它是否有利于社会风气的进步？它是否有利于抚育合众国的年轻一代？它是否可以和多子的母亲的乳头上甘甜的乳汁很容易地融合？是否拥有它愈老弥坚的公正与克制？它是否给予了刚出生和快长大的人、误入歧途的人，以及目中无人的人平等的爱呢？

从其他诗中提取出的精华部分可能会消逝。那些懦夫也必将消逝。只有朝气蓬勃的伟大行为才能满足朝气蓬勃的伟大希望。那些微弱的反对声、那些简单无力的反映工具和委婉谨慎的作品，将随时间消逝，不留下任何印记。美国镇静、充满善意地打发掉游客。这不是驱赶，是他们的保证与欢迎。才华横溢的艺术家、巧妙的编辑、政治家，博士，他们在做他们的工作。这个国家拥有勤劳的灵魂。没有伪装可以通过，没有伪装可以隐瞒。它没有拒绝，它允许所有。但它只欢迎与自己一样优秀和与自己相似的东西。个人因为出色的国家而优秀，只要他具备构成优秀的民族的素质。灵魂最大的、最富有的和最自豪的国家应尽量去满足它的诗人。种种迹象表明都很明显。没有恐惧错误的。如果一个是真，那么另一个也是真。诗人的凭证是，他的国家亲切地吸纳了他，正如他吸纳了他的国家一样。